刈野ミカタ
MIKATA KARINO
[ILLUSTRATION]
あゆま紗由
魔力ゼロの俺には
魔法剣姫《まほうけんき》
最強の学園を
支配できない
…と思った？

ユーベル・グラン
「俺が目指しているのは超効率いい、
愛による世界の支配──つまり
ハーレムの構築だ！」
ティリ・レス・ベル
「──わ、わかりました。
使用人として、お世話になります」

アディリシア・シュテファンエクト
「言ったでしょう、上位者は、下位の者に対して
責任を持つ義務があると」
リリア・レイン
「現在の戸籍上、リリアたちのあいだに
血の繋がりがあることを証明するものはありません。
安心して私を犯してくださいお兄様」

「……ご主人さま……
あの、わたしは……
気にしてないですから」

「お兄様……リリアの準備はもうできています……」

「だからさ——

闘お？」

CONTENTS

魔力ゼロの俺には、魔法剣姫最強の学園を支配できない……と思った?

刈野ミカタ

MF文庫J

口絵・本文イラスト●あゆま紗由

序章　あいこそすべて

――愛は、偉大だ。


たとえばとある女王制の国の王子が、「そうだ、この国支配しよう」と思ったとして。

現女王側の人間は「は？　ふざけんなよ？」と思うだろう。当たり前だ。

「力もない男がなに調子乗ってんの？　馬鹿なの？　死ぬの？」と、排除に乗り出すこともあるかもしれない。いやむしろ確実に乗り出してくる。

そんな彼女らを斬《き》ったり殴ったり魔法ぶっ放したり――ようするに暴力を使って黙《だま》らせ、従わせるのはものすごく労力を必要とする。

では、と言って、裏で根回しをし、懐柔《かいじゆう》し、現女王側の内輪《うちわ》もめを引き起こさせてちゃっかりおいしいところをいただく――これも想像するだけでクソめんどくさい。

というか暴力に訴《うった》えるにせよ、知略を巡らせるにせよ、その後のこと――ありていに言えばアフターケアは重要になってくるわけで、そんなものに気を回さなければならないなら「あ、やっぱ支配とかいいです、すみませんでした」とすべてを翻《ひるがえ》して土下座して現状維持に甘んじたくなってもおかしくない。

だがしかしやはり、なにをしても許される、とがめられない、一国の支配者という立場というのは途方もなく魅力的で。

なんとかめんどいこと一切抜きに、全力で楽してこの国の支配者になれないか――？

うっかり『グランディスレイン魔法王国』という女王制の国の王族――末端王子として生まれてしまった彼……リィンは、物心ついた頃から真剣にそんなことを考えていた。

国内外から〝賢《さか》しき血族〟と呼ばれ、代々優れた知能の持ち主が生まれるグランディスレインの王子らしく頭が回り、グランディスレイン《〝賢しき血族〟》の王族なのに超絶ものぐさだった彼は、とにかく楽がしたかったのだ。

齢《よわい》三つにして思考しはじめ、五つになる頃には周囲の人間から知見を求め、七つになったある日。

「――リィン。この世界でもっとも重要で素晴らしいものはなんだと思いますか？」

病床《びょうしょう》にあった母から、ついに天啓《てんけい》のような言葉を聞いた。

「それは……愛です。母があなたを愛し、あなたが母を愛してくれるように、人は人を愛し、人に愛されることで諍《いさか》いの言葉を失い、敵愾心《てきがいしん》を奪われ、頭《こうべ》を垂れる。愛さえあれば、人は生きていける……。だから――」

あなたも人を愛し、愛される人になるのですよ――。

母はおそらく己の死期を悟《さと》っていた。だからこそ、たった一人の息子に伝えておきたかったのだろう。

この世界でもっとも大事なものを。

いや実際は、他にもいろいろ言っていたのだ。

言っていたのだが、楽して一国の支配者になることしか考えていなかった彼の頭に残ったのは、たった一つの事実だけだった。

……人に愛されれば、暴力使わなくても、裏で糸引いたりアフターケアしなくても、勝手に服従し、支配されてくれる？

なにそれ――

最高じゃないですか。


それ以来、彼は人に愛されるためだけに全精力を注いだ。

直系である母が亡くなり、城内で後ろ盾を失ったという焦りも一応は影響したのだろう。

笑顔を振りまき、ときに健気《けなげ》に、ときにいじらしく、ときに年齢相応に、ときに背伸びしているように、周囲の人間――大人に的確に取り入る。

元より子供というのは大人から可愛《かわい》がられやすい。

その上、リィンを取り巻く環境は人の出入りが激しく、多種多様な大人を観《み》る機会に恵まれており、データの採取には事欠かなかった。

なにより同年代の子供と比べて聡《さと》く、空気を読む力に長《た》け、楽して好き放題することに貪欲《どんよく》だった彼は、さしたる時間もかけずに、あらゆる大人にとって理想的な子供を演じる力を身につけた。

そうして、王城内で老若男女問わず誰からも愛されるようになっていった彼は、一歩ずつ着実に好き放題やり放題できる理想的な環境《楽園》を作り上げていって。

心の底から、思った。


愛は、偉大だ。


斬《き》らず殴らず魔法をぶっ放さず、裏で根回しをし懐柔《かいじゅう》し内輪《うちわ》もめを引き起こさせる必要もなければ、アフターケアの心配もない。

非効率な暴力も、面倒な奸計《かんけい》も無用。

(表向き)相手を愛し、全力で相手に愛される。

ただそれだけで万事オーケー。あとは勝手に相手が尽くしてくれる。

めんどくさいこと一切なし。

——母上。あなたがおっしゃっていたことは確かに真実でした。

愛マジ便利。超効率イイ——。

そう、思っていたのに。

グランディスレイン魔法王国はあっさりと滅ぼされた。

たった一人の男——ソルブラッドと、彼の血を引いた一三人の娘たちによって。

革命が起きたのだ。

女王が討たれ、政治や軍事の中心を担う王族が次々と討ち取られていく中、リィンは唯一残った親族——異母妹であるリシェの手を引き、どうにか城を脱することができたが、それ以外のすべてを失った。

「……リィンおにいさま」

心細げに手を握ってくる幼いリシェと共に見上げた王城は、炎に包まれていて。

生まれてからずっと過ごしてきた城。

いずれは自分のものにするはずだったグランディスレイン。

そのすべてが、見るも無惨《むざん》に失われていく様を目の当たりにして。

「…………ちくしょう」

うつむき、ぐっと歯を噛《か》みしめたリィンは、膝《ひざ》をつき、地面を叩《たた》いて——慟哭《どうこく》した。


「俺の……俺の楽園があああああ!!」


「——らく……え?」

ぱちくり目をしばたたく妹を尻目《しりめ》に、リィンはその場で人目もはばからずおいおいと泣いた。号泣した。男泣きだった。

ちくしょう……ちくしょうソルブラッドめ。

女王制をなくそうと先に考えたのは俺なのに。

計画が台無しじゃないか。

というか、自分の娘たちを率いて国乗っ取るって——

「…………マジうらやましい」

ぼそりと呟《つぶや》いたリィンは、すぐに顔をあげると、もう一度滅び行く王城を見つめる。

そうして、まっすぐ前を見たまま言った。

「絶対に――戻ってきてやる」

それは、誓い。

滅ぼされた王国の王子、ではなく。

世界でもっとも楽して好き放題したい人間の――

マジしょうもない決意である。

一章　魔力ゼロですがなにか？

『神霊魔剣』。

自らの血を媒介《ばいかい》として万物に宿る神霊の力を借り受け、己が身に刻んで使用する神霊魔法を昇華、具現化し、神霊そのものにも匹敵する『剣』となす。

かの力は、非常に高密度の魔力と複雑な刻印を必要とするため、ティルフラウ大陸を統べる七大国の一つ——グランディスレイン王国の女王とその血縁の女子にのみ使用可能とされ、『魔法剣姫』という称号も彼女たちにのみ許されたものだった。

だが四〇年前にグランディスレインに現れた一人の男、ソルブラッドによって革命的な変化が起きる。

ソルブラッドの血を引いた者は魔力と刻印を飛躍的に増幅進化させ、その子供を魔法剣姫へと変えることがわかったのだ。

大陸統一を目論《もくろ》んだ時のグランディスレイン女王は、国中の神霊魔法使い——名家や貴族たちにソルブラッドと交わることを命じ、幾百の魔法剣姫が生まれた。

特に強大な神霊魔剣を発現させた名門一三家の子女は《一三血姫《じゅうさんけつき》》と呼ばれるようになり、その《一三血姫》とソルブラッドによって、ついに大陸統一が成し遂げられる。

だが、その喜ばしき場に、グランディスレイン王国女王は同席できなかった。
ソルブラッドと彼の娘たちである《一三血姫》は、六大国のみならず、グランディスレイン王国すら滅ぼしたからだ。

〝力こそすべて〟

ティルフラウ統一共和国の建国においてそう宣言した《魔王》ソルブラッドは、そうしてその信条のみを入学条件とした、次代の《一三血姫》を育成する学園を設立した――。

「――と、それが、ここ、各人の実力のみで評価して次代の《一三血姫》を選ぶ、グランディスレイン魔法学園の成り立ちでしたよね？」

旧グランディスレイン王国の王城を改築して造られたグランディスレイン魔法学園。

元々はその広い王城の中庭にあたる場所で、時期はずれの入学希望者ユーベル・グランはいかにも楽しそうにニコニコと笑って、魔法学園の試験官役を担っている上級クラスの女子生徒三名に向かいあっている。

対峙《たいじ》する少女たちは、揃《そろ》って苦虫を噛《か》みつぶしたような顔をしていた。

「……それで？」

試験官のうちの一人──彼女たちのリーダーとおぼしき蒼《あお》い髪を豪勢な縦ロールにした少女が腕を組みながら苛立《いらだ》たしげにそう言って、ちらりと周囲に視線を走らせる。

改造された旧王城の中庭は、一定の間隔をおいて石畳が敷《し》き詰められ、いくつものフィールドが作られていた。

それらのほとんどで、在校生にしてソルブラッドの血縁である少女たちが『神霊魔装』に身を包み、神霊魔剣を操り数多《あまた》の魔法を放って、己の力を証明するために闘っている。

新規入学希望者向けに行われる実戦形式の入学試験は、在校生の序列を決める『定例ランク戦』と同時に行われているからだ。

というより、入学試験のほうはあくまでおまけで、本来の入学時期とは明らかにズレている。

事実、今回の入学希望者はユーベルのみで、定例ランク戦の試験官役だけを担うつもりだった彼女は、いっそう苛立たしげに言う。

「だからどうだというんですの？」

グランディスレイン魔法学園の成り立ちが、入学試験とどう関係してくるというのか。

腕を組み、訝《いぶか》しげに問いかけた彼女に、彼は言った。

「だから……そう、だから俺と付き合ってくれませんか？」

無駄にいい笑顔で。

「――は？」

そうしてなにを言っているのかわからない、とばかりに呆気《あっけ》にとられる彼女に、遠慮も躊躇《ちゅうちょ》もなく近づき、怒濤《どとう》の勢いで続ける。

「ああ付き合うというのはちょっとそこまでとか、剣で突き合うとかじゃないですよ？　当然男女の交際って意味で、つまるところ恋人に――」

「は、はああああ⁉　なっ、なっ、なにゃ――なにを言っていますの⁉」

途中でこちらの言葉を遮《さえぎ》り、後ずさり、顔を真っ赤にして思いきり噛《か》む――。

少女のそんな反応をつぶさに観察した彼は、さりげなく笑みを深め、さらに踏み込んだ。

「え？　可愛《かわい》い女の子を見たらとりあえず口説いておかないと失礼でしょ？」

「か、可愛――」

再度戸惑い、それでいて満更《まんざら》でもなさそうなリアクションを見せた彼女は、けれどいまだ呆然《ぼうぜん》としたままの二人の生徒に気づくと、わざとらしく咳払《せきばら》いをして。

「こ、こほん！　戯《たわむ》れはそのあたりにしてくださる？　シュテファンエクト家の当代として、どこの誰とも知れない殿方と交際……そ、そのような関係になれるわけありませんわ」

「いやいやみんな最初はどこの誰とも知れない相手同士ですよ。そこはほら、いろいろと

試してみないと。心も肉体《からだ》もね」

「か——肉体って……っ」

　そこでもう一度周囲の視線を確認した彼女は、縦ロールをかきあげ、顔を逸《そ》らして見下すように鋭く目を細めると、うっすらと蒼《あお》い魔力を帯び——敵意を前面に出してきた。

「……あまり不作法が過ぎますと容赦しませんわよ」

　——意図的に強く見せようとする振る舞い。

　赤いままの頬《ほお》、完全には制御しきれていない感情、それでも優先する体面。

　いい、いい、いい。

　それらすべてを正確に理解した上で。

　ユーベルは軽く肩をすくめてみせた。

「あれーダメですかー、それは残念だなー。じゃ、とりあえず名前教えてもらえませんか？」

「は……は？」

　急にハードルの下がった要求。邪気《じゃき》のない笑顔とさしてこだわりのない言葉。なにより寸前の衝撃的な発言のせいもあって気を緩ませた彼女は。

「——あと魔法学園の入学試験を俺にも受けさせてください」

「まあそれなら——」

　思わず了承しそうになって。

「——って言うとでも思いましたの⁉」

「いいノリツッコミ♪　そのノリで試験も受けさせてもらえないですかねー？」

「あ、あなたねえ……っ」

にこやかに笑うユーベルに、うぐぐと拳《こぶし》を握りしめ、明らかに感情を高ぶらせて言う。

「ですから、先ほどから何度も――な・ん・ど・も・言ってますけれど！　神霊魔剣どころか、神霊魔法すら使えないあなたが試験を受けても意味のないことでなくって？」

絶対実力主義のグランディスレイン魔法学園では、ランク戦同様、入学希望者も実戦形式の試験を受ける必要がある。

当然相手は神霊魔剣を使う魔法剣姫だ。人間兵器と揶揄《やゆ》される彼女たちは、先の大陸統一の際、他国の一般兵数千人をたった一人で制圧したことすらある。先天的に魔力が低い男であり、魔法すら使えないただの人間であるユーベルではどう考えても話にならない。

「力がなく、特にやることもない殿方のあなたと違って、わたくしたちの時間は貴重ですの！　おわかりいただけます？」

正式な入学試験を行う場合、ランクDの在校生――序列六〇〇位以下の生徒と一対一で闘わせ、入学に値する力を持っているか判断しなければならない。

当然、戦闘にあたって対戦相手となるランクDの在校生やそれ相応のフィールドを用意する必要がある。戦闘自体は一瞬で終了するのがわかりきっているにもかかわらず。

無駄以外のなにものでもない。

はっきりとそう言われ、けれどもユーベルは少しも堪《こた》えた様子なく飄々《ひょうひょう》と返す。

「んー？　でも、実力のみが判断基準であることと、男であることってなにか関係ありましたっけ？　ああ、確かに女性の神霊魔装は男の俺には超嬉《うれ》し……いえ、刺激的ですけどねー。ちなみに個人的なツボは見えそうで見えないくらいの――」

あくまで笑顔でマイペースにぺらぺらと無駄な話を続けるユーベルに。

「あなたの趣味の話などどうでもよろしいですわ!!」

蒼髪縦ロール少女のボルテージは最高潮にまで達して。

「わたくしが言っているのは！　神霊魔剣も使えない、実力皆無の男ごときが冷やかしで試験を受けるのは――」

「実力のあるなしは神霊魔剣の有無でしか判断できないんですか？　違うでしょ？」

突然鋭く切り返され、少女は鼻白んだように息を呑《の》む。

と同時に、目の前の男がどうあっても引く気がないのだと痛感させられる。

確かにユーベルの言うとおり、入学の判断基準は実力のみとしか明示されていない。

だが、魔法剣姫《ソルブラッドの血を引く女子》だけが入学資格を持つと言っているも同然なのだ。

それればかりはどれだけゴネても変わることのない真実で、どんな物わかりの悪い人間だってわかっていることなのに――。

「何事かしら？」「入学希望者の中に殿方が」「殿方？」「〝魔王〟様の御血脈《おんけつみゃく》もお引きでない孤児とか」「まあ……」「あらあら」「それは少し無謀《むぼう》に過ぎますわね」

そうこうしているうちに、『定例ランク戦』を終えた低ランクの在校生たちが集まりだし、ひそひそと囁《ささや》きはじめた。

徐々に高ランク者同士の定例ランク戦も始まりつつあるのに、彼女たちはそれ以上に騒ぎになっているこちらに集まってきたらしい。

無理もない。

通常であれば粛々《しゅくしゅく》とつつがなく行われるランク戦。そこで揉《も》めているというだけでも目立つのに、その中心にいるのが女子ばかりの学園では奇異極まりない男なのだ。

誰だってこちらを見にくる。

「あらー注目されてますねー、いやーてれるなー」

しれっとそう口にするユーベルが、試すようにこちらを見てきて。

「でもまあ――これはもうさっさと試験を済ませてしまったほうがいいんじゃないですかね？」

その確信を滲《にじ》ませた表情とはっきりこちらに向けられた言葉に、少女は目を見開く。

——ふざけた口説き、気の抜けた表情、徹頭徹尾こちらを苛立《いらだ》たせるような言葉や態度。

それらはすべてこの展開に持っていくためだった……？

（いえ……さすがにそれは考えすぎですわ）

確かに現状は彼女にとって喜ばしいものではない。

どれだけユーベルが入学したいと言っても、試験官役である彼女が認めなければ、決して試験が行われることはなく、最終的には『ランク戦の障害になる』ということにして、強制的に排除することだってできた。

しかし、これだけの在校生が集まり注目している以上、まさか『無駄な試験をするのが面倒なので察して退け』と言うわけにもいかない。

なにより、普段最上級クラスに所属する彼女は、低ランクの彼女たちに模範を示す必要があると常々思って——

「ま、俺が言うまでもなく、人一倍責任感が強く意識の高いあんたならそうせざるをえないんだけど」

不意に呟《つぶや》かれた冷たい言葉。

「表情、目線、呼吸。次になにがしたいのか、全然隠せてない」

ぞわりと背中を這《は》うような声に、少女は顔をあげる。

「あなた……今——」

「え？　どうしました？」

陽気な声。柔和《にゅうわ》な表情。

まっすぐこちらを見る、穏やかな眼差《まなざ》し。

「そんなに熱く見つめられると、勘違いしちゃいますよー？」

へらっと笑う彼に、一瞬前まで感じていた不穏さを強引に消し去られた彼女は、据《す》わりの悪い感覚を振り払《はら》うようにため息を吐《つ》いて。

「…………いいですわ。試験を受ける許可を与えてさしあげます」

少女がそう宣言したと同時に、背後で控えていた二人が驚いたような表情をする。

「な——なぜそんな無駄なことを……」

そう言いつのろうとした彼女たちを手で制し、縦ロールの少女は周囲に視線を向けるよう促《うなが》した。

集まった生徒たちは、ユーベルがなにをしでかすのかということにのみ集中している。

この状況で試験を受けさせないことが問題なのは明白だった。

「し、しかし……」

「仕方ないでしょう」

それでも抗議しようとした試験官を乱雑に遮《さえぎ》り、彼女もまた思う。

なんたる無駄。

それも結果的に仕方なくとはいえ、〝魔王〟の血も引いていない、ただの男なんかの思い通りになるなんて――。

そう忌々《いまいま》しく考えていた彼女は。


「あ、対戦相手はそこで闘ってる『学園一三血姫』さんにしてもらっていいですかね？」


「――はあ⁉」

試験の許可がおりることなど当然であるかのごとく隣接する大きな闘技場を指さしたユーベルに、思わず素で声を出してしまい、慌てて取り繕《つくろ》うように早口で言う。

「あ――あなた、ご自分がなにをおっしゃっているのかわかってますの……⁉　『学園一《じゅう》三血姫《さんけつき》』は――」

「ランクSS――魔法学園に所属する約一〇〇〇〇人の生徒、その序列最上位一三人に冠《かん》される特別な称号ですよね？　もちろん知ってますよー。定例ランク戦でも『学園一三血姫』だけはあそこで闘えるらしいですね」

どこまでも軽いユーベルに、少女は大きく目を見開き。

「というわけで、案内してもらえます？」

——言うだけでは無駄。

そう悟《さと》らせるのに十分な笑顔に、すべてを諦《あきら》めたように長く息を吐《は》いた。

「……ついてきなさい」

苛立《いらだ》たしげに縦ロールをかきあげた蒼髪少女に続いて闘技場の中へと歩を進めたユーベルは、外にあった石畳のフィールドが本当に簡易なものであったことを知った。

「おー」

中央の石畳を敷《し》き詰めたメインフィールドと、それを一段高い位置からぐるりと囲む観客席。

メインフィールドはもちろん、四隅に設置された巨大な石柱と、観客席との敷居《しきい》の役割を果たす石壁まで陽の光を鈍く照り返しており、ご丁寧にも神霊魔法に対して強い耐性を持つと言われる貴重な障魔石で造られているのがわかる。

旧グランディスレイン魔法王国でも闘技会に使われていただけあって、いかにも最上位の会場に相応《ふさわ》しいその場所に——。

四人の少女が立っていた。

「ん……？」

揃《そろ》って露出度の高い神霊魔装に身を包む少女たち。

彼女たちは明らかに不自然な立ち位置を取っていた。

一際小柄で目を引く銀髪の少女を、残りの少女たちが囲んでいるように見えるのだ。

まるで銀髪の少女が残りの三人を相手取って一対三で闘うかのような――

そうユーベルが思うと同時に、試験官らしき少女の声が響きわたった。

「はじめ！」

結果的に、ユーベルの想像は当たっていた。

四人の中でも特に露出度が高く、手足の華奢《きやしや》な、美しい銀髪少女。

彼女以外の三人が、

「唸《うな》りなさい《ダルブゲイル》！」

「出番ですわ《ゼイルランゲ》！」

「暴れて《フェイブ》！」

『解剣』――神霊魔剣の具現化と共にいっせいに槍《やり》、鞭《むち》、斧《おの》を手にし、銀髪の少女に向けて動いた。

魔法剣姫の実力は、『解剣』の速度である程度はかれると言われる。

どうやら彼女たちはかなりの手練《てだ》れらしく、手にした神霊魔剣の取り回しも、銀髪の少女を追い込む動きにも隙《すき》がない。

それぞれ発動速度重視の牽制《けんせい》魔法をローテーションで放ちつつ、神霊魔剣に魔力を溜《た》めていく。そうして、小さな回避行動に終始せざるをえない銀髪の少女に対し、いっせいに魔力を解放した。

「スプライトイーグル！」

槍《やり》使いの少女が、神霊魔剣《ダルブゲイル》を掲げ、風の矢を無数に生み出し降らせ、

「エイルスエンラ！」

鞭《むち》使いの少女が、神霊魔剣《ゼイルランゲ》で石畳を叩《たた》いて、地を這《は》う炎の蛇を走らせ、

「ランズベイン！」

斧《おの》使いの少女が、神霊魔剣《フェイブ》を横凪《な》ぎに一閃《いっせん》させて、雷の剣閃《けんせん》を飛ばす。

「おお……」

魔力がなく、魔法の素養がないユーベルでもわかる、完璧《かんぺき》な連携で放たれた大魔法。

三対一という、圧倒的に有利な状況であるにもかかわらず、まったく手を抜かない——どころか全力の攻撃に。

銀髪の少女は一切動じず、そっと右手を伸ばした。

「——来て《ダインスレイヴ》」

呟《つぶや》いたと同時に現れたそれを、軽く一振りして。

雨のように降る風の矢は少女に届く前に見えない壁に防がれるように残らずかき消され、地を這う炎の蛇は上空から巨人の拳を受けたかのごとく押しつぶされ、雷の剣閃ははじめから抗うことが許されなかったかのように跡形もなく斬り飛ばされた。

「「「――!?」」」

驚愕《きょうがく》する三者の目に、銀髪の少女はすでに映っていない。

一瞬で三人の少女の頭上に跳んでいた銀髪の少女は、その細い手に痛々しく映る巨大な漆黒剣《ダインスレイヴ》を振りかざし――

振り下ろされる前に、全身を怖気《おぞけ》に襲《おそ》われ、三人の少女は素早く散開する。

やばい。

やばいあれはやばい絶対にやばい――！

理屈ではなく感情で距離をとった彼女たちは、結局なにもせずに地に降り立った銀髪少女を見て。

その手に携えられた、光をも呑《の》み込《こ》む極大の漆黒剣。

その残酷《ざんこく》なまでに美しい、無感情な瞳《ひとみ》が。

ゆっくりとこちらを向いて――。

「──あああああ!!」

誰からともなく、三人は三人とも狂乱に駆られたように魔法を乱れ撃ちはじめた。

幾重《いくえ》もの巨大な風の矢が放たれ、炎のオオトカゲや怪鳥が襲《おそ》いかかり、空を穿《うが》つイカヅチや地を這《は》う雷撃が少女に浴びせかけられる。

そのあまりにも激しい魔法の奔流《ほんりゅう》に、風が吹き荒れ、肌はチリチリとあぶられ、巻き上げられた粉塵《ふんじん》に視界は閉ざされた。

やがて魔力がつきたのか、狂ったような魔法の放出をやめた彼女たちは。

「はあはあはあ………こ、これなら───」

言葉を最後まで続けることなく、絶望を目の当たりにする。

「─────────嘘《うそ》、でしょう?」

そこには、髪型すら乱れず、乱れ撃たれた魔法などなかったかのように立つ、銀髪少女の姿があった。

「……いいえ」

ぼそりと簡潔に呟《つぶや》いた彼女がその手に持った漆黒剣《ダインスレイヴ》を振りかざすと同時に、ゆらゆらと黒い魔力をまといはじめる。

「ひっ……ひぃいいぃ!」

異常なまでに怯《おび》えた少女たちは、慌てて魔力を集め始め───

それが形をなす前に、絶望は振り下ろされた。

一閃《いっせん》。

遅れて響いたドンッという轟音《ごうおん》と共に、極大の剣閃《けんせん》の形をとった禍々《まがまが》しい漆黒の魔力は、その余波だけで三人の少女を場外へと吹き飛ばし、容赦なく意識を刈り取った。

圧巻。圧勝。圧倒。

一対三という絶対的に不利な状況にもかかわらず、これ以上ないほど破壊的に勝利してみせた少女。

その途方もない現実に誰もが言葉を失う中。

「うっわ……えぐいなー」

ユーベルの呟きに促《うなが》されるように、試験官が銀髪の少女の勝利を告げる。

止まっていた時間が動き出すようにざわめく周囲をよそに、ユーベルの意識はフィールドの一点――そのとてつもない魔法が直撃した痕《あと》に向けられていた。

たった一人で手練《てだ》れらしき三人をまとめて倒してみせる……もちろんそれも驚異的だ。

だが、それ以上に、神霊魔法に対して強い耐性を持ち、非常に希少である障魔石製の堅固な石畳――上位ランカーがいくら攻撃しても傷一つつかないフィールドが、太古の昔に起きたとされる落星の痕のように大きく抉れている、という事実。

あんなものが直撃したら、いかに腕に自信のある魔法剣姫が強力な神霊魔装を展開していたとしてもひとたまりもない。

それをいともたやすくやってのけた銀髪の少女。

まだあどけなさは残るものの、無感情に落星痕《クレーター》にたたずむ彼女こそが——

「グランディスレイン魔法学園序列一位——ティリ・レス・ベル」

ユーベルの隣に立っていた試験官の少女は、縦ロールを揺らしながら冷たく言った。

「彼女こそ、あなたが対戦相手に指定した、最強の『学園一三血姫《じゅうさんけつき》』ですわ」

‡

「可愛《かわい》い子ですねー」

「ふん、今さら驚いて怖《お》じけづいたところで——は？」

「学園史上唯一の不敗の魔法剣姫、ティリ・レス・ベル。姫名は《慈悲無き破壊の妖精《ようせい》剣》でしたっけ？　いやー事前に聞いてはいましたが、実際見てみたら噂《うわさ》以上に可愛い！」

そう言って。

うんうんと満足げにうなずくユーベルに。

「あ——あなた本気で馬鹿ですの!?」

蒼髪縦ロールの少女は信じられないとばかりにまくしたてる。

「彼女のことをわかっていて対戦相手に指定するだなんて――いいですの？　彼女は一対一では誰も相手にならないから、複数の魔法剣姫を相手取るよう義務づけられているような規格外の存在ですのよ!?　現にわたくしだって――」

「わたくしだって？」

「い……いえ。ともかく冗談半分で指名できるような相手ではないと言っているんですの！　今ならまだ引き返すことだってできますわ、悪いことは言いませんから――」

「ああ、気遣ってくれてます？　優しいですねー」

「な――べ、別にそういうつもりでは……っ」

「まあでも残念ながら、冗談のつもりは一切ないんですよ。ああちなみにさっきの情報に付け加えるなら『ランク戦』で『学園一三血姫』を指定できるのは、序列一〇〇位――ランクA以上の生徒のみ。つまり、さっきまとめてやられた人たちも実はそれ相応のランカーだったんですよね？」

「――」

　どうしてそこまで知っているのか。

　そう思いつつも、それ以上の疑問に、少女は眉《まゆ》をひそめた。

「それがわかっていてなぜ――」

「そのルールって、入学試験には適用されてませんよね？」

「……は？」

「いやーだって、序列上位を倒すほどポイントがもらえて高ランクになれるんでしょ？　で、ランクが高ければ高いほど学園内での待遇はいい。幸いなことに入学試験なら挑戦するランクの制限がないし、だったら一番上を狙《ねら》わない理由がないじゃないですか」

　にこやかに笑うユーベルが。

「あ、もちろん対戦するときは一対一でお願いします。複数だと獲得ポイントが分散されてしまうんですよね？」

　なんの悪気もなくそう続けて。

「……」

　次の瞬間、前ぶれなく少女は蒼《あお》を基調とした露出度の高い神霊魔装に身を包み、

「——ひゅー刺激的ー♪」

　そう茶化《ちゃか》すユーベルの喉元《のどもと》に槍《やり》型の神霊魔剣を突きつけていた。

「……〝持たざる者《無知》に寛容であれ〟というのはわたくしの家の家訓ですけれど、いきすぎた無知は侮蔑《ぶべつ》と変わりありませんわ」

　静かにそう続けた彼女は、冷たい眼差《まなざ》しを突き刺して。

「復唱なさい。〝魔王〟様の血も引かない男ごときが、学園最強の魔法剣姫を相手取れるなどとは思いません——と」

明確な実力を伴《ともな》った脅《おど》し。

突然の荒事に、関係のないギャラリーが固唾《かたず》を呑《の》む中。

「いいじゃーん、闘わせてあげなよー」

上空から聞こえてきた声。

突然の第三者の介入に、少女は驚愕《きょうがく》に目を見開き、すぐさま元の制服姿に戻ると、その場に片膝《かたひざ》をついて頭《こうべ》を垂れた。

「――っ」

迸《ほとばし》る緊張と、震える声。

なにをそんなに恐れているのか。

周囲を確認すれば、彼女以外の生徒たちも同じように低姿勢を取っている。

思わず空を見上げたユーベルは、逆光の向こうで真っ赤な髪と翼のようなものを広げた小柄な少女らしき影に目を細めた。

「さっきからずっと聞いてたけどさー、あたしちゃん様が考えるに、そっちの少年くんのほうが正しいこと言ってんじゃなーい？」

楽しそうな声。

一七歳のユーベルより五つは年下に聞こえる幼い声は、ユーベルと同年代であろう上位ランクの生徒たちを震え上がらせている。

「お……お言葉ですけれど」

「相手がランクDだろうが序列一位だろうが、負けるときはどうせ一瞬じゃーん？　時間は有限ってゆーなら、こうやってうだうだしてるほうが時間の無駄だとあたしちゃん様は思うけど。なんか間違ってること言ってるかなー？」

「……その通り……です」

「ならさっさとするー」

謎《なぞ》の少女の一声で、蒼髪縦ロールの少女はそれまでのやりとりが嘘《うそ》のように動いた。

感情をまじえず、そういう役割を与えられた自動人形のように、手続きをすます。

ふとユーベルが上空に視線を向けると、すでに謎の少女の姿はなかった。

（……まあ手間が省けていいけどさ）

ユーベルの想定していた展開では、もう三手ほど必要だった。

蒼髪少女に促《うなが》されるまま、ユーベルはメインフィールドへと移動し、対戦相手となる銀髪の少女――すでに神霊魔装を解除していたティリ・レス・ベルにも事情が話される。

やがてすべての準備が整い、ユーベルを一瞥《いちべつ》した蒼髪縦ロールの少女は、

「……せいぜい、後悔なさい」

小さく吐《は》き捨てて、踵《きびす》を返した。

そうしてフィールドに少女と二人きりとなったユーベルは、それまでの笑顔を崩《くず》して長く深く息を吐く。

「あーやっとここまでこれたわー……」

伸びをしながら一連のあいだリアクションをいっさい示さず、戦闘態勢すらとらない少女――ティリを見る。

「言われるまでもなく闘った結果は自己責任なんだから、その機会くらいもっと自由にしてもらいたいもんだけど。――そう思わん？」

これ見よがしに愚痴《ぐち》った上で、同意を求めたユーベルに、ティリはなんの反応もしない。

そういう形の仮面でもかぶっているかのように、無反応無応答無感情。

傍《はた》から見れば無視されたように映っただろう。いや事実として無視されているのかもしれない。

だがそんなことなどまったく意にも介さず、ユーベルは彼女が黙《だま》ったままであることをいいことに、しげしげとその顔を見つめ続け――不意に当然のことのように言った。

「てか、遠目からでも思ってたけど――キミ、マジで超可愛《かわい》いね？」

ぶっ、とすでにフィールド外に引いていた蒼髪縦ロールの少女が噴き出す。

そのまま青筋を立ててフィールドに乗り込もうとする少女を周囲の生徒たちが止めるという騒動を尻目《しりめ》に、ユーベルはティリをじっと見つめ続けた。

「……」

無反応……に見える。

だが、その表情に微《かす》かな変化を感じとって、ユーベルは心の中だけでほくそ笑んだ。

「――いやーなかなかどうして可愛《かわい》い子ばかりで目移りして困るなー」

薄っぺらい言葉。

へらへらとした笑み。

そのすべてを意識的に見せつけながら、口元を歪《ゆが》めて言った。

「もっと困るのは、そんな可愛い子たちが馬鹿の一つ覚えみたいに神霊魔剣なんてものを振り回して悦に浸ってることだけど。――いやー野蛮だねー」

その言葉はこの学園に在籍する生徒全員《ソルブラッドの血を引くすべての子女》に向けられたもので。

「今、あの殿方なんておっしゃいましたの？」「身の程知らずにもほどがありますわ」「器が知れますわね」「男ごときが……！」

観客席を陣取る生徒たちから向けられるぴりりとした空気。

思うままに煽《あお》られてくれる観客に、ユーベルはどこまでも笑みを深めて。

「というわけで、野蛮な魔法剣姫なんかじゃない俺は、今から紳士的に未来を予言してあげようと思いまーす」

まっすぐティリを指さして、静かに告げた。

「ずばり、キミは俺に二度触れられたら負ける」

‡

「はじめ！」

試験開始の合図と同時に、《慈悲無き破壊の妖精《ようせい》剣》は動いた。

先ほどとは違う――否、今まで闘ってきたどの相手とも違う、魔法剣姫以外の対戦相手。

魔法剣姫こそが最強となった現在、それは常識的に考えれば格下の相手であるが、相まみえたことのない敵というのは、その事実だけで十分に脅威《きょうい》だ。

ごく冷静にそう考え、流れるように制服姿から神霊魔装へと変わった彼女は、学園史上最強と名高い神霊魔剣《ダインスレイヴ》を構えようと――したところで。

目を見開く。

いつの間にか。

間合いの外にいたはずのユーベルが、目の前にいた。

「――ほい。一回目ね」

振《は》り払《ら》うどころか、反応する間すらなく。

ほっぺを、ユーベルにつつかれて。

「――――！」

瞬間、彼女の全身に得も言われぬ悪寒が走った。

――なにかある。

学園序列一位、無敗の魔法剣姫ティィリ・レス・ベルは、反射的にユーベルから逃げるように後方へと大きく跳躍《ちょうやく》し、即座に《ダインスレイヴ》を構える。

黒い魔力をゆらめかせ、迎撃態勢を整えた彼女に――

追撃はなかった。

それどころか、ユーベルは激しく反応したティィリに苦笑し、さも困ったように言う。

「いやいや今のはそんなに驚くところじゃなくない？　ちょっと隙《すき》をついただけじゃん」

「……隙？」

「神霊魔剣の行使には神霊魔装が必須。神霊魔装の展開自体はあらかじめ衣装に織り込まれた魔法を実行するだけだから一秒にも満たないけど、その間は完全な無防備だ。ほっぺを突くぐらい誰にだってできる」

さも当然のように言う彼に、彼女は戦慄《せんりつ》する。

神霊魔装の展開の隙をつく――？

そんなことできるわけがない。

確かに神霊魔装の展開には時間がかかる。

だがそれは今彼が自分で口にしたように、一秒にも満たないものだ。

たとえ数歩の距離しか離れていなくとも、展開しだしてから近づくのでは絶対に間に合わないし、もちろん展開する前に近づこうとしていれば簡単にわかる。

つまり、神霊魔装の展開は隙になりえない――

「なわけないじゃん」

肩をすくめ、両手を広げ。さもおかしそうに笑うユーベルは心を読んだかのように言う。

「一秒未満の隙は隙になりえないという思考そのものが大きな隙なんだよ」

当然のように告げられた言葉に、《慈悲無き破壊の妖精《ようせい》剣》は目を見開いて。

「――なにを言っているのかしら？」

観客席の生徒たちは笑う。

「さあ？　時間……のことだそうですわ」「闘いとなんの関係があるのかしら」「二度触ら

れれば終わるそうですから」「あらあら」「そもそも《ダインスレイヴ》を振るわれればそれで終わりましたわね」「《慈悲無き破壊の妖精《ようせい》剣》さまらしくないですわ」

ユーベルの宣言は、もちろん観客の彼女たちにも聞こえている。

ユーベルに二度触れられればティリは負ける——。

そんなものは、虚言、妄言、ハッタリ。

笑いとばす価値すらない。ゆえに相手にしない。

自らが使用不可能であるゆえ、素人であるユーベルと違って、神霊魔法のエキスパートである彼女たちにはわかる。

地水火風雷金光闇の『八属性』と、発現放出所持操作などの『二二特性』を持つ、神霊魔法の複雑な体系。

そのどこを見ても、たったの二度、ただ触れるだけで負けが確定するような魔法など存在しないのだから。

「確かにそんなものは存在しないかもねー」

唐突に。

その場にいる全員の思考を読んだかのように、ユーベルは飄々《ひょうひょう》と言う。

「グ、グランディスレイン、ン、の神、霊、魔、法、に、は」

「グランディスレインの……？」

誰かが問い返し、すぐにその問いは波紋のように少女たちのあいだに広がっていく。

そうして、別の誰かがまた呟《つぶや》いた。

「もしかして――異法の使い手？」

異法。

現在この大陸に魔法と呼ばれるものは一つしか存在しない。

旧グランディスレイン魔法王国において、あまねく神霊と契約を結び、その身に刻印として刻むことで使用されてきた神霊魔法。

そしてその神霊魔法を昇華し、七つあった国すべてを滅ぼす原動力となった神霊魔剣。

かの力は他者からの評価を待つまでもなく絶大で、その使い手は対立していた各国から人間兵器と呼び習わされ畏《おそ》れられた。

だが、超常の現象を起こす術は、なにも神霊魔法だけではない。

本来グランディスレインはティルフラウ大陸に存在する七大国の一つでしかなく、残りの六国にもそれぞれ独自の技術と体系を持った術法は存在していた。

それら旧グランディスレインの慣習にならい、異法と呼び習わされる力を――目の前の少年は使えるのではないか。

「確かに異法の使い手であれば……」「触れただけで発動し、死の呪《のろ》いにかけるようなものもあるのでしょうか……」「わたくし、不勉強ながら存じませんわ」「わたくしも……」

「けれどだからこそ――」

異法が使えるからこそ、彼は最強の『学園一三血姫《じゅうさんけつき》』――《慈悲無き破壊の妖精《ようせい》剣》に挑もうと考えたのでは？

その筋道だった結論は、一つの確信として少女たちに広がっていき、ユーベルはもちろん対峙《たいじ》する彼女にまで伝わる。

そうして、表情を硬くした銀髪の少女と裏腹に。

「単純だなー」

ユーベルは曖昧《あいまい》に笑む。

「異法っていうと、たとえばエノール聖王国の聖依術《せいいじゅつ》は大気の聖霊なるものに力を借りて風属性の魔法のようなものを放つし、デラボネ王国は焔狐《えんこ》と呼ばれる神獣を使役して炎の力を使う。ダアド連邦では各種族の首長が代々継承している地竜の力で地脈を操り、アーネフ連合国では刃影《はがくれ》と呼ばれる特殊な一族が風虎《ふうこ》と契約を結んで類い希《たぐいまれ》な身体能力を得ているし、クリストフル帝国は人の身体を循環する煉気《れんき》とやらを糧に、闇属性の力を行使するらしいねー。唯一、セラトリス共和国だけは人の肉体に依《よ》らず、その優れた鉄製技術で様々な鋼の兵器を使ったりもするけど、もちろんこれも違う」

すらすらと今はない六大国の力をそらんじ。

「ま、そもそもこれら異法って呼ばれるもののほとんどが神霊魔法の亜種でしかないし、触るだけで発動して相手に致命的なダメージを与える呪《のろ》いなんてあるわけもないんだけどねー」

その上で自ら異法ではないと否定してみせたユーベルに。

観客席の生徒たちは残らず静まりかえる。

そうして彼女たちを代表するような形で、蒼髪縦ロールの少女が言った。

「……あなた……いったい何者ですの？」

十年も前に〝魔王〟ソルブラッドと《一三血姫》によって滅ぼされた六国。

弱者の烙印《らくいん》を押され、忘れ去られた国々の、いまや継承している人間が存在するのかすらあやしい力のことを、当然の知識のように述べてみせた彼は。

「……むしろ知られていないことに驚かざるをえないんだけどな」

ぼそりと小声で呟《つぶや》いてから、すぐににこやかに笑う。

「えー？　孤児院出身のただの一七のガキだって何度も言いませんでしたー？」

「こ、孤児院出身者がそんな知識を持っているわけありませんわ……！」

「それは偏見だなー。知識は学ぼうと思いさえすればいくらでも手に入りますよ。――その必要不必要ごと、ね。ちなみにこの程度の知識の羅列で驚かれても困るんですけど」

「――」

少女たちが驚愕《きょうがく》したのは知識そのものについてではない。知識を得る過程、その先を想像したからだ。

強者である魔法剣姫に、弱者として葬《ほうむ》り去られた異法の知識は必要ない。

だが、同じ弱者なら武器になる。そしてそれをこの程度と切り捨てたということは――

「ま、いずれにせよ、俺は自分が異法使いとは一言も言ってないんですけどねー」

そう言ってあっけらかんと笑ってみせるユーベルに、少女たちの混乱は深まる。

――異法の使い手ではない？

そんなわけがない。そんなわけがない。そんなわけがないはずだ。

《慈悲無き破壊の妖精《ようせい》剣》は思う。

なんの力もなくこの場に立つはずがない。立とうとするはずがないのだ。

そして、だとしたら。

彼が持っている力はなんだというのか？

「さあ？　どんな力もないかもしれない」

周囲の考えをキレイに読み取ったかのように。

「適当なことを適当に口にし、異法使いだと思い込ませようとしただけかもしれない。なんの力もない、ただの無謀《むぼう》な馬鹿の可能性だって十分にある」

ユーベルは笑む。

「——はたまた、その発言自体が異法使いではないと思わせるためのブラフで、無能を装って隙《すき》を窺《うかが》っているだけなのかもしれない」

すらすらと、楽しげに——その先に至る思考まで述べてみせ。

「さて——どちらでしょう？」

両手を、広げる。

試すように。

戯《おど》けるように——。

……頭が、痛くなってくる。

一つだけ確かなのは、異法にせよそうでないにせよ、彼がどんな力も持っていないというのはありえないということだ。

それだけは、絶対にない。

すでに、蒼髪縦ロールの少女も観客席の生徒たちも、彼がなんの力も持たずに学園最強の魔法剣姫に挑んだなどとは思っていなかった。

彼——ユーベル・グランは、魔法剣姫の学園に、神霊魔剣とは別の力をもって入学を果たそうとしている。

いつの間にか固唾《かたず》を呑《の》むように静まりかえった周囲に、ユーベルは変わらぬ軽薄さで、ただ一人——最初からずっと警戒したままの少女に向き直って肩をすくめてみせる。

「別にそこまで警戒する必要はないでしょ？　どんな力だろうが、いざとなればそれを使われる前に使用者ごと消し飛ばせばいい。Dランクならともかく、SSランクの『学園一三血姫《じゅうさんけつき》』、それも序列一位の《慈悲無き破壊の妖精剣《ようせい》》なら余裕じゃん？」

それも正論だ。

ユーベルの力がどれだけ不可解だろうと、それが自発的行動——二度触られることで発動するものであるのなら、もう一度触られる前に倒してしまえばいい。

子供にだってわかる簡単なことだ。

けれど、だからこそ。

「……なぜあなたはそれを自ら口にしたのですか」

鈴を鳴らしたような声音。

はじめてこちらに話しかけてきたティリに、ユーベルは眉《まゆ》をあげ、口元をゆるめる。

「特に理由はないけどー。なんで？」

「…………」

ユーベルの問いには答えず、彼女は再び黙《だま》りこんで考える。

なぜユーベルはあえて自らの弱点を晒《さら》すような真似《まね》を繰り返すのか。

彼からすれば、触れるだけで発動するような異法の使い手であると誤認させたままのほうがこちらに無駄な警戒を促《うなが》せるし、どんな自発的能力《アクティブスキル》があろうと神霊魔法で吹き飛ばしてしまえばいいだけなどという的確な助言をすれば己の寿命を縮めるだけであるはず。

いやそれを言うのであれば、そもそも入学に必要なのはDランクの魔法剣姫と善戦することで、それよりははるかに難易度の高いSSランクのティリと闘う必要は——

……闘う、必要？

不意に鎌首《かまくび》をもたげた疑問。

彼が対戦相手にティリを指定した理由は、入学後の待遇を考えたものだと聞いている。

より高ランクの相手を倒したほうがポイントが多く得られ、高い序列になれるから。

本当にそうだろうか。

そんな理由のためだけに、SSランクを対戦相手に選ぶだろうか。

ティリは思考する。

常のように。

純粋に、考えて。

仮定する。

――逆。

もし、すべてが逆だとしたら？

異法の使い手ではないというのは、本当に異法の使い手だからで。

どんな力だろうとかまわず吹き飛ばしてしまえばいいというのは、そうすることで彼が決定的に有利になるから。

魔法を撃たれることで有利になる。

それもDランクの中途半端な魔法ではなく、SSランクの強力な魔法であるからこそ有利になるのだとしたら――？

「――あーあ、気づいちゃったか」

突然かけられた声に、ティリはハッと顔をあげる。

数歩先でにこやかに微笑《ほほえ》む少年。

その少年の目が――こちらのすべてを見通しているかのように、薄く細められて。

瞬間、彼女は自らの仮定が事実なのだと思い知らされる。

彼が使うのは——魔法を反射する術？

想《おも》うと同時に、ユーベルが動いた。

それまで常にゆったりと歩いていた彼が、ティリに向かって全力で走ってきている。

——魔法を反射させられるのなら、その魔法は特別強力でなければならない。

中途半端な魔法を跳ね返し、一度そうだと知られればいくらでも対処はとれるからだ。

だから彼はDランクの魔法剣姫ではなく、二度目はない魔法を放つティリを対戦相手に指定した。

それは後の待遇などのためではなく、そうでなければ勝てないから。

迫り来るユーベルを前に、高速で思考するティリは、冷静だった。

ユーベルが反射術を使用する以上、直接彼を狙《ねら》うことはできない。

そして直接狙うことができないのなら。

「間接的に——」

フィールドに向かって魔法を放ち、その衝撃波で彼を吹き飛ばせばいい。

言うなればいつもと同じことをするだけ。

そう思って漆黒の大剣を振った彼女は。

「——!?」

今度こそ驚愕《きょうがく》する。
神霊魔剣によって使えていた魔法の剣閃《けんせん》。
ティリ・レス・ベルにとって、息を吸うより簡単な行為。
魔法が使えない。
意味がわからなかった。
人が手足のあげかたを忘れないように、魔法剣姫は魔法の使い方を忘れない。
その忘れないはずのことを忘れているという異常に、彼の接近に気づくのが遅れて。
「——っ」
すでに手が届くほどに近づいていたユーベルに、ティリは明確に焦りの表情を見せた。
直接彼に向かって魔法を使えば反射される。
だからといって、この至近距離で地面に向けて放てば自分まで巻き込まれる。
——かまわない。
とっさにそう判断した彼女は、もう一度極少の動きで《ダインスレイヴ》を振り下ろす。
どんなときもその力を発揮する神霊魔剣は、ふぉんと、空ぶる音だけを虚《むな》しく残し。
「残念。そっちが本命だ」

「……！」

彼が告げたそっちという言葉。

それが、今ティリの身体に起きている異常——魔法の使用不可能を指しているのだと気づくと同時。

「——ぁっ」

無理な動きで振った《ダインスレイヴ》に翻弄《ほんろう》される形でバランスを崩《くず》し、尻餅《しりもち》をつく。

そうして慌てて立ち上がろうとしたティリの細い顎《あご》に、ひたりと冷たい手が触れてきて。

「二回目」

呟《つぶや》いたユーベルは、酷薄《こくはく》な笑みを浮かべ、静かに続ける。

「対戦相手に最強の魔法剣姫を指定したのは、一撃必殺の強大な魔法を使ってほしかったからで、つまるところ俺の持つ異法とはその魔法を跳ね返す力——だと思っただろ？」

「——！」

「思った通りあんたが賢くて助かったよ。ただまあ——」

不意に顔を寄せてきた彼は、ティリにだけ届く声で囁《ささや》いた。

「賢い人間を嵌めるのは慣れてるんだ」

悪いな。

そう付け加えた彼は、すぐにまた人好きのする笑みを口元に貼《は》りつける。

「さて――」

こちらに釘《くぎ》付《づ》けになっている観客の在校生、勝敗を判定する試験官、なにより――物理的に封殺している《慈悲なき破壊の妖精《ようせい》剣》を見て。

「まだ続けたほうがいいですかね？」

次の瞬間、無敗を誇っていた学園最強の敗北と、魔法の使えない男子の入学が決まった。

二章　金の妹《最凶》と銀の従者《最強》

「――起きてください♡　朝ですよ♡」

耳元で囁《ささや》かれる甘い声。

おそらく一七年という人生でもっとも多く耳にした心地よい声に、ユーベルはうっすらと目を――

「『ん……なんだリリア。今日も可愛《かわい》いな。よしよし胸をもませろ』――あん♡そんな、朝から激しいです♡」

――開く前に。

「あっ……待ってください♡　先に服を――」

一方的にはじめられた一人即興劇に頬《ほお》を引きつらせ、慌てて声を割り込ませる。

「脱がなくていいから」

「――脱がせますから♡」

「そっちかよ！　――っておい、なんで俺手縛られてんの？」

「え？　だって手が自由だったら抵抗するでしょう？」

「いや……まあ、この状況なら普通抵抗するよな」

今の今まで気づかなかったが、ユーベルの手は布状のものでそれなりに立派なベッドの柵《さく》にばっちり固定されていた。

かなり固く結ばれているらしく、ちょっとやそっとでは外れそうにない。

そうしてそのユーベルに対して馬乗りの体勢になっている少女――リリアも、すでにぶかぶかのシャツの前を開き、柔らかそうな二つの胸の膨らみや、瑞々《みずみず》しい肌、下腹部のショーツをあらわにしていて、大変目のやり場に困る。

「大丈夫です。愛の前ではすべて許されますから」

「……限度って言葉知ってる？」

「乗り越えるものですね。――そう、このように」

蠱惑的《こわくてき》に笑うリリアはユーベルの胸を白い指でなぞり、顔を近づけそっと口づけをする。

こそばゆくも甘い刺激。

ユーベルは身じろぎしたくなるのを堪《こら》え、屈《かが》み込んだせいでリリアのシャツがさらにはだけ、大きすぎず小さすぎず形の良い胸が完全にあらわになるのを見なかったことにする。

「……あーリリア？　朝は学園内の散策を日課にしてるんじゃなかったか？」

そうして、めんどくさそうに話をそらそうとしたユーベルに。

「――ダメです。ちゃんと、リリアを見てください」

顔を正面に向けさせ、それでも恥ずかしさにか頬を赤くしたリリアの熱い眼差《まなざ》しに。

「〝ダメだ〟は、こっちのセリフだっつーの……」

ユーベルは眉《まゆ》をひそめてみせる。

その露骨《ろこつ》な反応に、リリアはきゅっと唇を噛《か》んだ。

「なぜですか。こんなに――こんなに好きなのに。なにがダメだと言うのですか」

細い眉をハの字にして、悲しげな表情を浮かべるリリアに、ユーベルは深々とため息を吐《つ》いてみせた。

リリアはどこからどう見ても掛け値なしの美少女だ。

腰までのプラチナブロンドがベッドの白いシーツに広がり、人形のように整いきった貌《かお》が近くにあると触れたくなるし、潤んだ瞳《ひとみ》を向けられれば、男として耐えがたい欲望をかき立てられないこともない。

見た目だけの話じゃなく、ユーベルが絡むとちょっと……いやかなり偏執的《へんしつてき》になるが、普段のリリアは礼節正しく慎《つつ》ましく、有事には強きをくじき、弱気を助ける。一六の少女らしい恥じらいもあるし、優しさや包容力、茶目《ちゃめ》っ気《け》だってある。

本人には言わないが、ユーベル自身、そんなリリアのことを愛《いと》しいと思わなくもない。けれども、だ。

二人のあいだには、厳然たる事実が横たわっていた。

すなわち――

「兄妹だからに決まってんだろ」

ユーベル――ユーベル・グランと、リリア――リリア・レイン。

訳あって偽りの家名を名乗っている二人には、れっきとした血の繋《つな》がりがある。

それもそんじょそこらのものとは一線を画す、超一級の血の繋がりが。

だが。

「――なんだ、そんなことですか」

あっさりとそう言いのけたリリアは、とっておきの秘密が今朝の朝食のメニューであったかのごとく、どうでもよさそうに言う。

「現在の戸籍上、リリアたちのあいだに血の繋がりがあることを証明するものはありません。安心して私を犯してくださいお兄様」

「いやいやいや戸籍の問題じゃないから。気持ちとか血の繋がりの問題だから。つーか犯してくださいてお前」

リリアの本当の出自を知れば、いろいろな人間が卒倒しそうだ。

「そこは……自分でもどうかと思う言葉だという自覚はあるので、掘り返されると大変恥ずかしいのですが……あ、でもそれもお兄様からの愛のプレイだと思えば……」

「思わんでいいし恥ずかしいなら言わんでいい」

「いえ、お兄様を興奮させて妹をも襲《おそ》う見境のないケダモノにするためには致し方ありません。お兄様に襲っていただけるのであれば、リリアは喜んで犯してくださいと繰り返し懇願《こんがん》します」

「お前それもう完璧《かんぺき》にただの変態のセリフだからな？」

「む……ひょっとして、リリアは可愛《かわい》くありませんか……？　お兄様は常日頃から可愛い子であれば口説かないほうがむしろ失礼だとおっしゃっていますよね？」

「妹口説く兄がどこにいるんだっつーの……」

そしてそれ以前に――すでにこちらに好意を寄せていて全面的に協力してくれるのがわかっている相手をどうして口説く必要があるのか。

そんな非効率なことをする理由はどこにもない。

ごくごく自然にそう考えているユーベルに、リリアは小首を傾《かし》げて言う。

「つまり、可愛いとは思っている、と？」

「だから…………あー……まあ、そりゃ、可愛いとは思ってるよ」

「――はい今ので恋に落ちました。責任をとってください」

「あーもー！　うっとうしいわ！」

などと、あくまでも小芝居を続ける妹に、ユーベルは深々とため息を吐《つ》く。

「ほんとお前と話してるとどっから突っ込めばいいのかわからなくなるな……」

「…………どうぞ……リ、リリアの、お好きなところに」

「だからどもるくらい恥ずかしいなら無理して言うな！」

半裸で寝込みを襲《おそ》って、手を縛って服を脱がすなんていう犯罪以外のなにものでもない行為をしておきながら、そういうところで開き直れないあたりが、残念ながら可愛《かわい》かった。

「むぅ……お兄様も強情ですね。おとなしく諦《あきら》めてリリアを襲ってしまえばいいのに」

「いや諦めるとかそういうことじゃないから。というかほんと自分を大事にしろよ？　純粋に心配になってくるわ」

兄らしく、妹を慮《おもんぱか》る言葉を口にした瞬間、当の妹はあからさまにむっとし、心外だと言わんばかりに唇を尖《とが》らせた。

「お兄様以外の人にこんなこと言うわけないです。たとえ強制されたとしても絶対に言いません。そんな状況になったら、リリアは迷うことなく死を選びます。翻《ひるがえ》って、お兄様をそれだけ愛しているということですよ？」

「重い重い重い……」

呟《つぶや》きながらユーベルは会話で完全に意識の外にあった手枷をなんということもなく外してみせ、

「な――」

驚いた表情を浮かべる半裸の妹をやんわりとどかし、キッチンへ向かいながら言う。

「もう何度も言ってるけど、いくら迫られようが俺の答えは変わらないからな」

ユーベルの諭すような言葉に。

「…………お兄様は変わりませんね」

リリアはうつむき、ぼそりと呟いて。

「万物が流転するこの世界で唯一不変の現象です」

「もはや人ですらない！」

ユーベルの突っ込みに、リリアは常のすました表情に戻り、胸に手を当てる。

「一年もお兄様と会えなかったのですよ？　そのあいだに蓄積された私のお兄様に対する想《おも》いは変わらず――いえ、より大きなものへと変わり、対象物であるお兄様はもう物を超えて現象へと至ってしまったのです」

「……本人の意思完全に無視して現象にまで至らせるのやめてくれる？」

そもそも一年会えなかったのは確かだが、それまでの一七年――一つ年下のリリアにとってみれば一六年――のあいだ、ほぼずっと同じ場所で暮らしていたのだ。

たった一年くらい会わなくても――

「たった一年とお思いですかお兄様」

ユーベルの思っていたことをズバリ言い当てたリリアは、いつの間にかキッチンに入り、再びユーベルに迫る勢いでぐっと身体を寄せてくる。

「その一年でリリアの肉体はより成熟しました。お兄様の大好きな胸だって、この短期間でこんなに——」

もはや相手をするのもめんどくさいとばかりにため息を吐《つ》いたユーベルは、どれだけユーベルを想《おも》っているのか、大地や星座、神話まで持ち出してたとえだした妹を半《なか》ば以上スルーして部屋の中を見まわす。

グランディスレイン魔法学園『ランクA』の寮、その一室。

魔法学園に在籍する生徒はその実力によってSからDまで厳密にランク分けがなされる中、上から二番目の待遇を保証されたランクAの生徒専用の寮は、どの部屋もシンプルな造りの中に机やベッド、ソファーなどの家具、バスやキッチンなども一通り備えつけられており、実家からの支援がないユーベルたちでも非常に快適な環境となっている。

おまけに本来四人部屋であるところを二人で使っているため、部屋の半分は持て余しているくらいだ。

すでに一年をこの部屋で過ごしていたリリアと違い、根無し草同然の暮らしをしていたユーベルからすれば昨日今日で起きたことは青天《せいてん》の霹靂《へきれき》と言ってもいいかもしれない。

ただ一つ、文句があるとすれば。

「なんですかお兄様」

小首を傾《かし》げ、こちらを見上げてくる妹様。

一年ぶりに会ったリリアは、このように寝起きの同衾《どうきん》から、着替え、朝食の準備と、どこからそのアイデアが出てくるのかと言いたくなるような絡みを何度も繰り出してきた。

その度にユーベルは注意を飛ばしているのだが——

「お兄様がリリアをないがしろにするからです」

この通り一向に聞き入れてくれない。それどころか、わざとらしくため息を吐いて言う。

「何度も夜を共にしているのに一向に襲《おそ》ってくれません」

「俺は何度も襲われてるけどな」

「大変不満です。お兄様のために一年も我慢して骨を折ったのに。ずっとご褒美《ほうび》の一つもないだなんて」

「だから……」

「《慈悲無き破壊の妖精《ようせい》剣》相手の仕込みはとてもとても大変だったのですけれど」

ちらっと流し目を送ってくるリリアに、ユーベルは顔を覆《おお》いたくなるのを必死に堪《こら》える。

ついにそこを突いてきたか……。

魔法剣姫養成所であるグランディスレイン魔法学園の序列一位ティリ・レス・ベル。

まごうことなき最強の魔法剣姫を、ユーベルが魔法すら使わずに倒せたのは、リリアの協力あってのことだった。

リリア・レインの神霊魔剣《フィクタオービス》。黄金の円月輪《えんげつりん》の形で具現化し、雷の属性と治癒力強化の系統を持つとされている彼女の神霊魔剣は、極めて限定された状況下でのみ別の力を発揮することができる。

ちなみに本来四人が定員であるこの部屋を二人で使えているのも、ユーベルとリリアが同室であるのもその力によるものだ。

……確かに《慈悲無き破壊の妖精剣《ようせい》》相手の仕込みは大変だったに違いない。

だがユーベルがそれを素直に認めれば、リリアは確実にそのことを笠《かさ》に着てたたみかけてくる。この妹様は誰に似たのかそういう技術ばかり身につけているのだ。

ここはどう出るべきか——数瞬考え、ユーベルはさも意外そうに驚いてみせた。

「えーマジで？　俺はリリアならその程度のことは簡単にこなしてくれると思ってたんだけどなー。あれー、見込み違いだったかなー？」

「む……」

『リリアはできる子！　だからこの程度のことは余裕だよね！』

そう言われてしまえば悪い気はしないし、意地やプライドが邪魔をして『苦労した』と泣きつくことはできまい——と思いきや。

「ええお兄様、リリア自身も意外《いと》なことに、リリアは弱かったようです。たった一年お兄様と離れるだけでこんなにも愛おしさが増すだなんて思ってもみませんでした。今のリリアは以前のリリアよりもお兄様の愛と評価を必要としています。切に」

どうやら意地もプライドももはやどうでもいいらしい。

そこまでか……ユーベルは心の中だけでため息を吐《つ》き、仕方なく言う。

「……リリアには感謝してるよ」

「そうですか。お兄様の感謝というのは言葉だけのものなのですね。なるほど」

当てつけるようにリリアが言った瞬間。

ユーベルは立ち上がり、テーブルに身を乗り出してリリアの顎《あご》を掴《つか》み、顔を寄せて。

「――」

突然のことに見開くリリアの目、唇、胸、下腹部へと視線を動かし、耳元で囁《ささや》く。

「本当に言葉以外の方法で感謝していいのか？」

意図して低くした声、威圧するような言葉、屈服させた相手を舐《ねぶ》る眼差《まなざ》し。

これにはさすがのリリアも――

「…………はい」

恥ずかしそうにうなずく。

……うなずいてしまった。

「……いや拒めよ」

呆《あき》れたように突っ込みを入れたユーベルは、頬《ほお》を赤らめ、瞳《ひとみ》を揺らがせるリリアが「ありがとうございます……これでご飯何杯でもいけます……」と夢見がちに呟《つぶや》くのを聞いて、深々とため息を吐《つ》く。

「あっそ……んじゃ遠慮なく食べてくれ」

テーブルの上、そこに料理を並べたユーベルに、リリアはゆっくりとまばたく。

一応ランクAの寮には各部屋に調理場のようなものも設《しつら》えられているが、それとは別に寮それぞれに専用のカフェテリアがあり、大半の生徒がそこで食事をとっている。

魔法剣姫が大前提のこの学園に入学できるということは、ソルブラッドの血を引いているということで、ひいては大半が旧グランディスレイン王国下では貴族やそれに類する名家の出ということになる。

当然学園に入学する前は上流の生活をしていたわけで、自分で料理をするなど発想すらしたことがないお嬢様がほとんどだ。

ユーベルはもちろんリリアもソルブラッドの血は引いておらず、貴族どころか孤児院からこの学園に入学したので自炊にはまったく抵抗がない。というか、ユーベルに至っては料理が得意ですらある。

ユーベルたちも元を辿《たど》れば自ら食事を用意するなどとんでもないと言われる出自ではあるものの、リリアの一年の苦労をねぎらう意味でも、入寮した昨日からユーベルが食事を――それもリリアの好物ばかり作っているのだが。

「………食べ物で釣れるとお思いですかそうですか」

一転してジト目でため息交じりに言うリリアを、ユーベルは取り合わない。

「好きだろ卵料理」

「もちろんお兄様の愛がこもったお料理は大変おいしいのでいただきますけれど」

と言いながら、リリアはすでに手をつけていたふわふわの卵料理を丁寧に切り分けて、口に運ぶ――かと思いきや。

「はい、あーん」

フォークの先はユーベルに向けられていて。

「……おーいリリア」

「あーん」

「あー……むぐ……あのね」

「次はリリアの番です」

「……」

「あーん」

美しいプラチナブロンドをかきあげ、小さく口を開けるリリアに、ユーベルは仕方なく自分の皿から卵料理を適当に切り分けて食べさせる。

「んんっ……お兄様の……おっきくて、おいしいです」

「突っ込まないからな」

「なんですか？　リリアの言い方になにか問題がありましたか？　別にお兄様の……のことなんて、か、考えてないです」

「だから恥ずかしいなら言うなって……」

先ほどのように、少し責められればあっさりと落ちるくせに。

「……それもこれもお兄様がリリアに手を出してくださらないからです。お兄様がリリアを手籠《てご》めにしてくださっていれば、これくらいのことは平気で言えるくらいの仲に進展しているはずでした」

ジト目のままぷくっと頬《ほお》をふくらませ、不満をアピールするリリアに、ユーベルはため息と共にふかふかに焼いたパンをかじる。

「兄妹になんの進展があるんだっつーの」

「兄妹であることを忘れるようななにかです。どうせこの学園内でリリアとお兄様に血の繋《つな》がりがあることを知っている人間なんていないのに」

絶対実力至上主義を謳《うた》うグランディスレイン魔法学園は、当然のことながら生徒の出自を問わない。

そんなことをしなくても力を求めれば魔法剣姫に、魔法剣姫のすべてが基本的にはソルブラッドの血縁なのだから、必然的にその出自はおおよその予想がつく。

そう——それは裏を返せば基本的にであり、おおよそでしかないのだ。

「俺たちの事実を知られてたらこんなにのんびり朝食をとってられないけどな」

「リリアたちが、元々この寮——お城の持ち主だったことがですか」

決定的なことを口にしたリリアに、ユーベルは食事の手を止める。

神霊魔剣を使えるのはソルブラッドの血縁だけではない。

というより、本来はそちらのほうが源流なのだ。

旧グランディスレイン王国の女王とその直系女子の使う神霊魔剣が。

「——二人きりだからって安易にそのことを口にするのはやめろよリシェ」

「そうでしたねリィンお兄様」

ユーベル——ユーベルリィン・ディス・グランレインと、リリア——リリアリシエ・ディエス・グランレイン。

ソルブラッドと《一三血姫《じゅうさんけつき》》によって滅ぼされたグランディスレイン王国の王族——その最後の生き残りである二人は、かつてのお互いの呼び名を口にし、やがてどちらからともなく笑う。

「それにしても、あらかじめお兄様に聞いていたとはいえ、ここまで気づかれないとは思いませんでした」

「滅ぼされた王族の王位継承権六位の孫娘と王位継承権二桁《けた》の男なんてそんなもんだろ。

まあ王族限定だった魔法剣姫自体が今はそこら辺にごろごろいるし。下手《へた》をするとバレても『あっそう』で終わる可能性すらある」

「それはそれで寂しいですね」

「放置してくれるって確約があるなら今すぐバラしてもいいくらいだけどなー」

「いえ、それはリリアが困ります。グランディスレインの王族と明らかになれば、お兄様との同室はもちろん、公然といちゃいちゃすることができなくなりますから」

「今は許されるみたいな言い方しないでくれる？　つーかリリアの魔法で同室にできたのなら俺一人だけの部屋にもできたよな？」

「それにしてもお兄様の作る料理は最高ですね」

「話の逸《そ》らしかた下手か」

「……一年も会えなかったのに、この上お兄様と離れるなんて耐えられないです」

「これからずっと同じ学園に通うじゃん……ランクA同士なんだから授業もかぶるし」

「この場合の離れるというのは物理的な話です」

「物理的な話なら今もそうだろ——だからといってくっついてくんなよ？」

「……ちっ」

「舌打ちすんな……」

仮にも元女王候補が……そう思いつつ、ユーベルはため息を吐《つ》いて言う。

「ま、一応隠してはいるものの、だからどうだって感じだよな実際」

「一応はひどいです。滅ぼされた王族ですから、復讐《ふくしゅう》を企《くわだ》てているに違いないと勘ぐられても文句は言えませんよ」

「いや言えるだろ。実際、復讐なんて考えてないんだから」

「入学試験で学園最強を倒しておきながらどの口がと言われてもおかしくないですが……」

平然と食事を再開しだしたユーベルを、リリアはじっと見つめ淡々《たんたん》と続ける。

「そもそもお兄様はあれがどれだけ驚天動地《きょうてんどうち》の出来事であるか理解されていますか」

一〇〇〇を超える生徒の中で一三人にのみ与えられる『学園一三血姫《じゅうさんけつき》』の称号。

その称号持ちの最上位に立つ序列一位《慈悲無き破壊の妖精《ようせい》剣》ティリ・レス・ベル。

学園内において無敗の最強魔法剣姫である彼女が、敗れるという事実がどれだけ重たいものであるのか――

「んー？　学園一三血姫の一人を入学試験で倒すってのは一年前から計画してたことだし、そもそもそんなにうまくいかなかったじゃん」

「――は？」

学園最強を手玉に取り、怪我《けが》一つ負わず、負わさず追い込んだというのに。

そんなにうまくいかなかった？

言葉をなくすリリアと裏腹に、ユーベルはスープを口に運びながら続ける。

「一番手っ取り早かったからとはいえ、なんだかんだ言って闘っちゃったしなー。学園最強があの試験官役の生徒みたいなちょろいタイプだったら、もっと揺さぶりかけて――ん？どうしたリリア」

「…………いえ。自分の浅はかさを痛感していただけです」

そう、ユーベルの見ているものをリリアごときが推し量れるわけもないのだ。

なぜなら――

「お兄様の目的は暴力以外の方法で為しえる世界平和ですものね」

口にするのも馬鹿らしい、歯の浮くような理想。

その妄言と切って捨てられるのが当然である言葉を。

滅ぼされたグランディスレインの元王子ユーベルリィン・ディス・グランレインは、本気で実現しようとしている。

それも神霊魔法のような暴力を一切使わずに――。

「いやいや違うだろリリア」

「え？」

「俺が目指しているのは超効率いい、愛による世界の支配――つまりハーレムの構築だ！」

そう力強く宣言したユーベルは、なにか言いたげなリリアを押しとどめて続ける。

「愛ってやつは偉大だ。ものすごく便利ですこぶる効率がいい。特に男女間でのそれは絶大な効果を発揮する。そして都合のいいことにこの国は魔法剣姫、ようするに女子によって支配されていて、男の俺には最高の環境だ。そして俺には女子を口説く術《すべ》がある」

最低のことをドヤ顔で言うユーベルに、リリアは深くうなずいてみせる。

「…………つまり、お兄様は、愛によってこの国を支配しようと……その手始めに未来の十三血姫《じゅうさんけつき》を輩出する魔法学園をハーレム化しようというわけですね」

「ま、現状この国――大陸の一番上にいるのはソルブラッドっつーおっさんだけどな」

「それも〝魔王〟の血が問題であって、魔王自身は力がないとも言われています」

「〝魔王〟の血縁は『〝魔王〟に絶対服従の呪《のろ》い』がかけられてる以上、同じようなもんだけどな」

「――そこまでわかっておっしゃっているということは」

「もちろん本気だぜ？　十年前からな」

そう言って、爽《さわ》やかに笑うユーベルに。

「――素晴らしいです」

リリアは目を見開き、手を合わせ、心から感服したように言う。

「ぜひ作りましょう、お兄様のハーレムを。リリアの例をあげるまでもなく、惚《ほ》れた相手の言うことは無条件で聞きたくなります。もちろん暴力など必要ありません。非常に有効な手段だと思います。さすがはお兄様」

「だろー？　いやーあらためて言われると照れるわー」

「ところでお兄様」

ユーベルを遮《さえぎ》り。食事も中途半端に立ち上がったリリアは、すすすとユーベルに近づき、不自然なほど綺麗《きれい》に微笑《ほほえ》む。

「ハーレムを作るにあたって、お兄様には一つ足りないものがあると思いませんか？」

「……足りない、もの？」

「ええ。決定的なものです。もちろんお兄様はお気づきになられてると思いますが」

「…………試しに言ってみ？」

不穏なものを感じ、椅子《いす》を引きつつ尋ねたユーベルに、リリアが近づいてくる。

「孤児院にいた頃から、疑問に思っていたのです。お兄様は次から次へと別の女の子とデートするのに、肝心なところで最後の一歩を踏み出さないでいました。シェスカさんのときもティエリさんのときもルーシカのときもアルフィンのときもエルザさんのときもコリエのときもセリティアさんのときも」

「……なんでそんなこと知ってんのかな？」

「もちろん陰からすべて見ていたからに決まっています」

ニコリと笑うリリアに、ユーベルの背中が壁について。

「お兄様が彼女たちを攻略しきらなかったのはそのときはそこまでする意味と必要がなかったからですよね？　大丈夫ですお兄様、リリアはすべて理解しております。全部この日のためだったのですね。ハーレムを作るお兄様に足りないもの、それは――

け・い・け・ん♡」

瞬間、リリアが不意打ちのように雷の神霊魔法を放ち、あらかじめ予期していたユーベルはギリギリのところでそれを避《よ》けた。

「おぉい！　お前魔法って――」

「そう言ってちゃんと予期されているじゃないですか♡　じっとしていてくださいお兄様、ちょっと動かないようにするだけのものですから♡」

「な、ちょっ――」

続けざまに放たれる雷撃の魔術は、確かに威力はそれほどでもない。

元々リリアは攻撃系の魔術が得意でないというのもあるが、せいぜい痺《しび》れさせるレベルに抑えているのだろう。

間一髪のところでかわし続けるユーベルに、リリアは頬《ほお》を赤くして。

「ご安心ください お兄様。リリアももちろん男性経験はありませんが…………せ、性交の知識はたくさんたくわえてありますからっ」

「だから恥ずかしがるぐらいなら言うな!!」

‡

寮から逃げ出したユーベルは、しばらく走ったところで後ろを振り返る。

追っ手の姿はなかった。

ひとまず安心したユーベルは、ため息を吐《つ》きながら呟《つぶや》く。

「なにがどうしてあそこまで過激になった……?」

グランディスレイン魔法学園に入学する前のリリアは、あそこまで露骨《ろこつ》な好意を向けてこなかった。

少なくとも孤児院や施設を転々としているあいだは、同じベッドに二人きりで寝ることがあっても、襲《おそ》ってきたり、誘惑してきたりはしなかったはずだ。

寡黙《かもく》で冷静、常にユーベルに付き従い、迷うことがあればユーベルの意見を求め、その言うとおりに行動する——多少行き過ぎた行為に出ることはあっても、あそこまで激しくはなかったのに。

それが変わったのは。

（まあここでの一年が原因だよな……）

一息つき、あらためて周囲を見まわす。

高い城壁に囲まれたグランディスレイン魔法学園。

その内部に通う生徒たちが考えていることは、外に暮らす人間にはうかがい知ることができない。

だからこそユーベルはその内部に入りこんだわけだが——とそこまで考えたところで。

ふと視線を感じた。

いや感じたどころの話じゃない。

始業時間が近いせいか、そこかしこで教室へと向かう途中らしい生徒が見当たる。

そしてその誰もが——ユーベルを見ていた。

「あの方が——？」「ええ——《慈悲無き破壊の妖精《ようせい》剣》さまを倒されたとか……」「まあ。魔法も使えない殿方に……」「信じられませんわ」

決まって何人かで固まっていた彼女たちは、なんとも言えない距離をとって、ちらちらとこちらを見ながらヒソヒソと話している。

その聞こえないようでばっちり聞こえる内緒話に、ユーベルはカリカリと頭をかき、近くにいた少女たちに声をかけようとして。

「えっと――」

「――ひっ」「い、行きましょう遅れてしまいますわ」「そ、そうですわね」

足を止めていたはずの彼女たちは、ユーベルに声をかけられたと同時に、まさに逃げるように歩き去ってしまった。

「あらー……?」

そのあまりといえばあまりの反応に、別の少女たちに――声をかける間もなく、彼女たちは背を向け早足で立ち去る。

どうやら思った以上に警戒されているらしい。

これはどうしたもんかと、真剣に考えようとして。


「ま、当然だよねー。序列一位にあれだけの闘いをしちゃったんだし」


いつの間にか隣に立っていた、見知らぬ少女の姿に――心底驚く。

幼くも整った顔立ち。サイドで結った燃えるような赤い髪を揺らし、紫紺《しこん》の瞳《ひとみ》にイタズラめいた色を浮かべる彼女は、学園の制服姿ではなく、レースやフリル、リボンのあしらわれた衣装に身を包み、右手に持った扇《おうぎ》をゆらゆらと揺らしている。

年端《としは》もいかないような見た目にもかかわらず、奇妙なほど落ち着いた雰囲気の少女は呆《あっ》

気《け》にとられるユーベルにニコリと微笑《ほほえ》みかけ、

「少年くんが警戒される理由をもう一つ付け加えるのならば、この学園の生徒ちゃんたちは幼い頃より英才教育を施《ほどこ》され、家の人間の他に男と触れ合う環境がなかった由緒正しい名家のお嬢さまちゃんがほとんどだってことだねー。単純に男に慣れてないんだよ」

舌っ足らずなのに、流麗《りゅうれい》な語り口。

なによりその特徴的な呼称《こしょう》に、ユーベルは目を細める。

「——なるほど。この学園の生徒は、ですか」

わざと強調した単語に、少女は目を見開き、笑みを大きくし、さも嬉《うれ》しそうに言う。

「——そー。だからあたしちゃん様にはかんけーないってことだね」

あたしちゃん様、という一人称は、後にも先にも一度しか聞いたことがなかった。

「入学試験ではお世話になりました」

「入学おめでとー異端の少年くん」

ほぼ声を被《かぶ》せてきた少女に、ユーベルは思い出す。

ティリと闘わせろという無茶《むちゃ》な申し出を、受け入れるように促《うなが》した空からの声。

どうやら彼女こそがその声の主らしい。

見た目だけなら学園の生徒にしか思えないが、試験官である上位クラスの学生に命令できたということは、相当上の人間だということだ。

ということは――

「いやー本当に助かりました。――ところで一目惚《ひとめぼ》れについてどうお考えですか？」

「――あは、あたしちゃん様も口説くの？」

「そりゃそうですよー、可愛《かわい》さとそれに惹《ひ》かれる気持ちに貴賎《きせん》はありませんから」

「ふーん？　どんな人間か薄々予想がついてるくせに」

「それはそれこれはこれ！」

ビシっと決めるユーベルに、少女は噴き出すように笑い。

「くっふ、やっぱりいいねー少年くん。キミはいいよ。実にいい！」

楽しそうにくるくるとその場で回って、両手を大きく広げる。

「挨拶《あいさつ》だけ、話すだけ、少し遊ぶだけ――そう思ってたけど。気が変わっちゃった」

そうしてこちらに背を向け、ピタリと止まった彼女は、扇《おうぎ》の先をユーベルに向けてきて。

「あたしちゃん様は、キミに決めたよ」

燃えさかる炎のような凄絶《そうぜつ》な笑み。年端《としは》のいかない少女が浮かべるとは思えない表情を浮かべたまま――彼女は陽炎《かげろう》のようにゆっくりと消えていった。

「……」

神霊魔法……？

いや、だとしても――と思考を廻《めぐ》らせたユーベルは、その事実に気づく。

なぜ周囲の生徒たちはなにも反応していない？

ユーベルが注目されていた以上、今の少女の消失も当然見られていたはずだ。

そして消失を目の当たりにしていれば、少なからずリアクションがあるはず。

だが、彼女たちの視線は少女が現れる前と変わらず、ユーベルのみに向けられたまま。

まるではじめからユーベルしか見えていなかったかのように――。


「お兄様？」


不意に背後から声をかけられて、ユーベルは振り返る。

そこにいた妹は、不思議そうに首を傾《かし》げていて。

「お一人でそんなところに立って、どうかなさったのですか？」

「リリア、今――」

反射的に謎《なぞ》の少女について問おうとしたユーベルは、彼女が最後に浮かべた笑みを思い出し、やめる。

考えて結論を出すにあたって、明らかにピースが足りていない。全体像も見えていない現状、いたずらにリリアを巻き込むことが正しいとは思えなかった。

一度深呼吸し、中途半端な思考を追い出したユーベルは軽く肩をすくめてみせる。

「あーいや。注目されまくりだなーってな」

「……？　まあお兄様が注目されるのは当然だと思いますが」

「んーまあ注目自体は想定内っちゃ想定内だけど、向けられる視線にずいぶんと面白い温度差があると思ってさ」

「面白い温度差、ですか？」

「あっちの連中とそっちの連中。向けられる視線が明らかに敵意だよな。それ以外はだいたい野次馬《やじうま》というか、『あれが噂《うわさ》の』みたいな好奇心っぽいけど、好奇心を装ってるやつもいる。それとびっくりするくらい一人で行動してる生徒がいない。固まってるのはみんな制服アレンジが同じだから、そこら辺も関係してるんだろうが、興味深いのは集団で抱いている感情の種類が同じってことだな。あとは――」

すらすらとそう述べるユーベルに、リリアが目を見開く。

「ん、どうした？」

「お兄様は………本当に――大好きです」

宣言と同時に正面から抱きついてきたリリアに、ユーベルは完全に虚を衝《つ》かれた。

制服越しにも感じられるふくよかな感触。甘い香りは今朝見た白い肢体《したい》を容易に想像させ——ユーベルは煩悩《ぼんのう》を振り払《はら》うように声を落とす。

「おいこらリリア……」

部屋の中でも寮の中でもない。まごうことなき往来。ユーベルが指摘するまでもなく、先ほどまでの生徒たちからの視線がさらに強いものになっている。

「それがなにか？　せっかくですからこの場にいるすべての人間に誰が一番お兄様を愛しているのか理解していただくのがいいと思います」

「いいわけあるかっつーの」

呆《あき》れるユーベルなど知らないとばかりにリリアはユーベルの胸に顔を埋め。

「——『桜花夜会《ソワレ》』と『白薔薇騎士団《カバリエーレ》』」

くぐもった声は、ユーベルにだけ聞こえる音量に絞られていた。

「お兄様が指摘されたあっちの連中とそっちの連中が所属している『姫閥』です」

グランディスレイン魔法学園では、生徒たちの頂点たる『学園一三血姫《じゅうさんけつき》』をそれぞれ主姫とした魔法剣姫たちの派閥——『姫閥』が存在する。

姫閥では、それぞれの理念の下、魔法剣姫たちが切磋琢磨《せっさたくま》しており、通常よりもはるかに早い成長を遂げることができる。したがって、生徒たちは基本的にどこかの姫閥に所属し、常に姫閥単位での行動をとると聞いていたが。

「ああ……あれがそうなのか」

さりげなく視線を巡らせたユーベルに、リリアは小声で続ける。

「『桜花夜会』は序列五位の『学園一三血姫』《桜花の麗爛姫《れいらんき》》アンリエット・テレーズ・トワロ、『白薔薇騎士団』は序列二位《白薔薇の煌姫》ステラマリス・エンディエンを頂点に戴《いただ》いています。特に『桜花夜会』のほうはあまり良い噂《うわさ》を聞かないのでご注意ください。どさくさにまぎれて仕掛けてこないとも限りません」

「ん……いや、注意はいいんだが」

その忠告をするためにわざと密着してきたのもわかるが。

「どう考えても逆効果だよな……？」

もはや周りから注目を浴びすぎて、痛いと感じるまでになってきた。

おそらくリリアがこうして抱きついていることで周囲の人間を近づかせないというつもりなのだろうが、それにしても――

「いえ、おかまいなく。これはこれできちんとリリアの目的にもかなっていますので」

そう言ってキリっとした表情で見上げてきた妹に。

「――あぅ」

ユーベルは無言で額《ひたい》に手刀をいれると、拘束が緩むのと同時に全力で逃げ出した。

‡

本日二度目の駆け足で、外城壁近くまで到達したユーベルは、遠くなってしまった中央学習棟までの距離を考えため息を吐《つ》く。

外城壁近くには、ランクDの寮が建ち並んでいる。

ランクAの寮が一棟しかないのに対し、生徒数の多いD寮は数が多い。

元々の旧王国下では魔法兵の詰め所であったり、城内勤務の下級貴族用の屋敷だったりしたものだ。多少の改築はあるものの、新設されたA寮に比べれば古くささを感じさせる。

そしてその古さがユーベルに、ユーベルリィン・ディス・グランレインだった頃を思い出させた。

「懐かしいなー」

女系王室の王子、それも第十一王位継承者という微妙な立場にもかかわらず、ユーベルは持ち前の知恵と表面上の愛くるしさを利用し、よく乳母《うば》や使用人を丸め込んで王城を抜け出していた。

六、七歳の小さな子供からすれば、城の中だけでも十二分に広い。

それなのに、なぜこんなところまで来ようとするのかと首を傾《かし》げられたものだ。

ユーベル自身は、この高すぎる城壁を見上げ、その向こう側を想像するのが好きなだけだったのだが、まさかその後人生の四分の三を壁の外で過ごし、こうして十年越しに戻ってくるとは想像もしていなかった。

……順調なら国の乗っ取りも完遂《かんすい》していたはずだったのに。

そう思いながら、学習棟に向かって歩き始めたユーベルは。

「……ん？」

ふとした違和感に、足を止める。

外城壁から続く長い林道には、中央学習棟に近づくにつれてランクC寮、ランクB寮、ランクA寮の生徒たちが合流してくる。

常なら往来の多い道ではあるが、すでに授業の始まっているこの時間に人影はない。

むしろユーベル自身それを狙《ねら》ってこちらに逃げてきたのだが、綺麗《きれい》に整備された石畳の道から外れ、等間隔に植えられた木々の向こう側。

うまく茂みに隠れており、一見しただけではそうと気づかないその場所に――

少女が横たわっていた。

「………………」

制服姿の少女の周りにはやたらと可愛《かわい》らしい鞄《かばん》と共に彼女の寝具や所持品らしきものが置かれていて、ユーベルの目か頭がどうかしていなければ彼女はどうやらこの場所で寝ているらしい。

なんだったらここで暮らしているのかもしれない。

…………いやいや待て。

リリアの言葉を借りるまでもなく、ここグランディスレイン魔法学園は〝魔王〟ソルブラッドの血を引いた一級の——つまり名家と貴族の女子しか通っていない。

名家と貴族の子供は当然学園に入る前から高い教育を受け、その立場に相応《ふさわ》しい教養とマナーを身につけているはずだ。間違っても授業の始まっているこの時間にこんな場所で熟睡しているわけがないし、住んでいるわけもない。

だが、現実に彼女はその長い銀髪を芝生に広げていて——銀髪？

ゆるく波打つ二つ縛りの銀髪。病的に白く、折れてしまいそうに細い腕。

自らの手を枕《まくら》にし、安らかそうに目を閉じる、人形のように整った顔の彼女に。

ユーベルは見覚えがあった。

「《慈悲無き破壊の妖精《ようせい》剣》——ティリ・レス・ベル？」

元学園一三血姫《じゅうさんけつき》にして序列一位の魔法剣姫は、自らの名に反応してうっすらと目を開き、

「…………ん……う？」

やたらとのんびりとした動きで目をこすりこすりし、ゆっくりと起き上がると。

「…………くぅ」

「寝るんかい」

再び目を閉じた彼女は、ユーベルの突っ込みにハッとした様子で首を二、三度振り、もう一度懸命に目をこすったあとで、やっとユーベルを見上げてきた。

「――」

一瞬、視界の端にきらきらと結晶のような光が舞った気がした。

さらさらと揺れる銀髪。眠そうな半開きの目なのに、触れれば壊れてしまう綺羅《きら》水晶のような美しい顔に、ユーベルは釘付《くぎづ》けになる。

そうしているうちに、徐々に目を見開いていった彼女は、薄桃色の唇をそっと開いて。

「ご――」

「……ご?」

「――ごめんなさい!」

勢いよく頭を下げてきた。

全力で謝られた。

「…………は?」

その唐突な反応と予想外の動きに、ユーベルが眉《まゆ》をひそめると、ティリはいっそう慌てたように言葉を続けた。

「あ、あのっ、わたし寝起き、わるくて……! いえ、わるいのは寝起きだけではないのですが——せっかく声をかけてもらったのに、反応が遅れてしまって……あ、あ！　こ、ここ、邪魔ですか？　邪魔ですよね！　ごめんなさいごめんなさい！」

「ん……とりあえず落ち着こうか」

「あ………は、はい——ごめんなさい」

しゅんとして再び頭を下げ、小声で謝ってきた彼女を、ユーベルは冷静に観察する。

ユーベルに負けたことで、現在はそのランクを著しく落としてはいるものの、まごうことなき学園最強の魔法剣姫で、現《一三血姫《じゅうさんけつき》》にもっとも近いとされている《慈悲無き破壊の妖精剣《ようせいけん》》ティリ・レス・ベル。

ユーベルがリリアから聞いていた事前の情報では、彼女は感情をあらわにせず、どんなときでも最適な攻撃を選択する冷静な少女という話だった。

実際闘ってみてもそのような印象だったが——

ユーベルの目の前にいる彼女は、こちらを気まずげにちらちらと上目遣いに見てきて、機嫌を伺《うかが》っているのが丸わかりの、控えめに言ってもものすごくおどおどしている少女だ。

《慈悲無き破壊の妖精剣》の予想に反した性格。

ユーベルは微妙にやりにくさを感じながら言う。

「んじゃあらためて訊《き》くけど……なんでこんなとこで寝てんの？　邪魔とかではなくて」

「……えっと」

ユーベルの問いをどう理解したのか、ティリは両手の指先と指先をくっつけては離し、くっつけては離しを繰り返してぽつぽつと続けた。

「あの、先日の入学試験の敗北で……序列最下位に落ちてしまいまして……」

「……あー」

「あ、あ！　えと、別に恨んでいたりしているわけではなくて——あの、そ、そういう規則ですからっ」

なぜかこちらを全力で気遣うように言ったティリに、ユーベルは口を閉ざす。

絶対実力主義のグランディスレイン魔法学園では、上位序列の生徒が下位の人間に敗れると問答無用でその下位の序列にまで下げられる。

つまり序列外——序列最下位以下と見なされる入学希望者に学園の生徒が敗れると、それまでの序列が何位であろうと問答無用で最下位にまで落とされるのだ。

それ自体はあらかじめ決められた制度で、ユーベル自身そう受け入れてもいたが、実際に勝負で負かせた相手を前にしてまったく気まずさを感じないと言えば嘘《うそ》になる。

その程度の気まずさは受け入れるつもりだったが——わざわざ慮《おもんぱか》ってくれたらしい。

……なんだこいつ。

いいやつか。

「……で？」

「は、はい……それでランクDの寮に移ったのですが……あの、同室の人たちに、怖がられてしまって」

「怖がられる?」

「えっと……よく、あることなんです。特になにも、していないんですが。わたしの、存在自体が……怖いみたいで」

えへ、と困ったように笑うティリに、ユーベルは眉《まゆ》を寄せる。

「それで部屋を追い出されたってことか?」

「あ、いえいえ! わたしが勝手に出てきただけです!」

「勝手にって……」

状況的に追い出されたのと一緒だろ。

「えっと……痛いのと怖いのは、嫌なことですから」

目を閉じた彼女は、きゅっと自らの胸を押さえるようにして言う。

「わざわざ嫌なことを感じる必要もないです」

ティリが出て行けば、少なくとも彼女たちは嫌なことを感じなくてすむ――。

「いやいや自分が嫌なこと感じちゃってるじゃん」

本末転倒だ。

「わたしは……慣れているので」

笑顔で即答する彼女は、当然のようにそのことを受け入れていて。

その平然とした態度に、ユーベルは理解しがたいように目を見開く。

「あ――あ、え、えっと……そ、それに必ずしも嫌なことばかりではないというか……他の人が嫌なことを感じないですむことはわたしにとっても嬉《うれ》しいことですから」

後ろ暗いことなどなにもないように。

なんとすれば、引き気味なユーベルを考慮《こうりょ》し、ことさら明るく言う彼女に。

「……俺が言うのもなんだけど、実力は確かなんだから適当に上位ランクのやつに挑めばよかったんじゃないの？」

グランディスレイン魔法学園では、基本的に上位序列の人間は、下位からの挑戦を拒むことができないことになっている。

つまり、所定の手続きさえとれば、二ヶ月に一度行われる全生徒強制参加のランク戦を待たずとも、下位序列の生徒はランクバトルを挑むことができるのだ。

ティリがユーベルに負けたのはアクシデントのようなもので、依然学園最強であるという事実に変わりはないのだから、序列くらいいくらでもあげられるはずだし、上位序列であれば怖がられることもないはず。

そう問いかけたユーベルに。

「えっと……」

ティリは視線を落とし、いかにも話しづらそうに口ごもる。

それでもユーベルがじっと見続けるので、観念したように訥々《とつとつ》と続けた。

「……序列最下位のわたしが、万が一上位の序列の人に勝ってしまったら……その人が最下位になってしまいます」

「──は？」

万が一もなにもそうなるに決まっている。

そしてその実力至上主義こそこの学園──〝魔王〟ソルブラッドの信条ではなかったか。

そんなユーベルの言外の想《おも》いが伝わったのか、ティリは首をすくめて、申し訳なさそうに声を絞り出す。

「……わ、わかってはいるんです……そういうものなんだから仕方ないって。でも……」

「まさか……できれば自分のせいで他人を不幸にしたくないとか言うつもりじゃ……」

ユーベルが信じられないように先を続けると、ティリは小さくうなずき、

「それに──」

消え入りそうな声で言った。

「闘うこと自体……あまり好きじゃない、ので」

「──」

学園序列一位。無敗の最強魔法剣姫が、闘うことが好きじゃない──？

絶句するユーベルをどう勘違いしたのか、ティリはえっとえっとと慌てたように続ける。

「あ、あの、人から怖がられるのはよくあることですし、序列が高くてもあまり変わらないというか……と、とにかく全然気にしてない――と言ったら嘘《うそ》になりますが……えと、な、慣れていますし。それに――怖がる気持ちもよくわかるんです。わたしの魔法、属性が無いらしいので」

神霊魔法は地水火風雷金光闇八属性のうち、どれか一属性の神霊と契約を結ぶことで使用可能になる。それは基礎の基礎――神霊魔法の原理だ。

だが、ティリはその原理を押さえていないにもかかわらず、なぜか神霊魔法を昇華した神霊魔剣が使えて、しかもそれがとてつもなく強力であるらしい。

「で、ですから、急にそんな魔法を使う人が同室になると言われたら、普通驚いてしまうし、怖いと感じてしまう……んだと思います。その、しょうがないことなんです」

えへへ、とまた困ったように笑って、ティリはまるで自分に言い聞かせるように口にすると、一転きゅっと手を拳《こぶし》の形にして続ける。

「あの、そ、それにお部屋を出て悪いことばかりじゃないんですよっ？　今の季節ならお外ですごしてもそんなに寒くないですし、お花とかも綺麗《きれい》です。それに――お外で寝ていいこともありました」

「いいこと？」

「え、えっとその………ユ、ユーベルさんに声をかけてもらえました」

「……そんなこと？」

「そ、そんなことじゃありません！　すごくいいことです。……ずっとお話ししたいと思っていましたから」

　そこまでまっすぐに話してみたかったと言われれば、もちろん悪い気はしないが。

「いや自分から声かければいいだけだろ……そんなに話しかけたらまずそうに見えた？」

「あ、いえ、あの、逆で……わたしが話しかけようとすると、その方のみならず、周囲の方まで怖がらせてしまうことが多いので……必要がなければ、なるべく自分からは声を出さないように、しているんです」

「…………そこまでひどいのか」

　いくらなんでもびびりすぎなんじゃないだろうか。

　確かにティリの魔法とその破壊力を目の当たりにして、あれが自らに向けられたらと想像すれば恐ろしい。

　また人は未知のものを本能的に恐れる。あれだけの驚異的な魔法が理解の外にあり、その使い手のさじ加減一つで、自在に矛先を向けられる――と想像すれば、確かにちょっとした感情の動きにも条件反射的に恐怖するのもわからなくはないが。

「あーそれで闘ってるときもやたらと冷静に振る舞ってたわけね」

「えっと……以前、笑っただけで失神されたことがあったので……」

自分が笑っただけで相手に失神されたら確かにヘコむかもしれない。

それが彼女にとっては日常だったから——なるべく感情を押し殺すようになった。自分から話しかけるのもやめた。人と関わろうとすること自体を諦《あきら》めた。

彼女に許されたのは、人から話しかけられたときだけ、相手に余裕があるときだけ話し返し、感情をあらわにすることだけ。

そうして、相手のことのみを考えて振る舞うのが当然だと思っている少女は、はにかむように続ける。

「だからこうして今ユーベルさんとお話しできているのは——とてもとても素敵で、嬉《うれ》しいことなんです」

その控えめなのに、無邪気《むじやき》でまぶしい笑顔に。

ユーベルは思わず目を細め、じっと見つめてしまう。

そんなユーベルの沈黙を勘違いしたらしく、ティリは慌てたように続けた。

「あ、え、えと、本来負けた人間が言えることじゃないですよね……！　学園の生徒に科されているのは『力こそすべて』ですから、敗者のわたしは勝者のユーベルさんの言うことを聞かなければいけないぐらいなのに——」

そう、言いながら。

力で学園の頂点に立っても、周りを怖がらせないために感情を押し殺し、自分からは極力話しかけないようにし、同室の生徒に気をつかって自ら部屋を出て行きさえする。

おまけに自分がランク戦で勝ってしまえばその人が序列最下位になってしまうから、闘い自体をしたくないとまで思っている。

「で、でも、あの、わたしはじめて負けたんです！　す、すごいすごいびっくりしました し、感動しました……！　まさか本当に魔法や異法すら使わず、言葉と態度でこちらの行動を予測して追い込むなんて――」

そうして彼女は、たどたどしい言葉で、自分を序列最下位に落とし、野宿同然の生活をさせたユーベルを褒《ほ》め称《たた》えてきた。

――本人にはどうしようもない理由で恐れられ、忌避《きひ》され、疎《うと》まれて、それでも相手の立場にたてばそう思うのは当たり前だと慮《おもんぱか》り。

――できるだけ周囲の人間に嫌な想《おも》いをさせないようにとやりすぎに思われるほど気をつかい、自分を犠牲にし。

――傍《はた》から見れば疑わしい方法で、正々堂々と闘ったとは決して言えない相手の闘いぶりを、むしろ力押しではないからこそすごいと手放しで賞賛《しょうさん》し、そんな知略は思いつかなかったと心から感心し、尊敬してくる。

ようするに、彼女は――

（めちゃくちゃいいやつじゃん……）

入学試験で学園序列一位を倒すというユーベルの計画。

ここに、ティリ・レス・ベルという少女の性格は考慮《こうりょ》されていなかった。

もちろん入学希望者であるユーベルが在校生を倒すことで、その人間が序列最下位になるのはあらかじめわかっていたことだ。

しかし序列最下位になっても、実力自体がないわけではないし、リリアの魔法もごく一時的なもので永遠に続くわけじゃない。すぐに序列上位の生徒を倒し、元通りとまではいかなくともそれなりの序列に復帰するだろう――そう考えていた。

普通ならそうする。

けれど、彼女は――ティリ・レス・ベルという、ユーベルの理解を超えて人の好い……好すぎる少女は普通じゃなかった。

「――よーし、わかった」

ユーベルのその声に、いかにユーベルがすごいか語り続けていたティリは、ぴたりと動きを止める。

即座に聞く態勢に入った彼女が、『相手の言葉は遮《さえぎ》らない』のを徹底しているのだとわかって、ユーベルはもう一度小さくため息を吐《つ》く。

「で、お前は――ティリはここで野宿し続けるつもりってことか？」

「あ、えと……許されれば、ですが……今のところ大丈夫みたいなので……」

あくまで受け身な彼女に、ユーベルは言う。

「許さない」

「え」

「学園が許しても俺が許さん！」

芝居がかった仕草でビシっと自分を指さし、呆気《あっけ》にとられたように口をぽかんと開いたティリを見下ろして。

「〝この学園の生徒に課されているのは『力こそすべて』〟――敗者は勝者の言うことを聞くべきなんだよな？」

「………あ」

学園最強に勝った男は、そうして意図的に悪い笑みを浮かべて言った。

「なら、きっちり勝者の言うことを聞いてもらおうか」

‡

よし、サボろう。

授業初日だが、リリアもいるし別に困ることはあるまい――あっさりそう結論づけたユーベルは学習棟ではなく、A寮の自室に戻ってきていた。

その理由は。

「あ……あのー」

手持ちぶさたにしているティリが扉の前で立ったままなのに気づき、ユーベルは軽く言う。

「ん？　早く入ってこいよ」

「…………えと、お邪魔、します……」

そうして部屋には入ってきたものの、どこにいたらいいのか、むしろここにいていいのかと問いたげなティリに、ユーベルはなんということもなく言った。

「じゃ、とりあえずしばらくはここがティリの部屋ね」

「…………え？」

「あー一応言っておくと、もう一人同室の人間がいてそっちは女子だから。元々四人部屋だからベッドも足りてるし、狭くもないだろ」

「いえ、あの、そういうことではなくて――」

「あのさ、考えてみ？」

取り乱すように言いつのろうとしたティリに、ユーベルは落ち着かせるように右手を突き出して続ける。

「いくら実力至上主義で仕方のないこととはいえ、自分が闘って勝ったせいで野宿することになったやつが目の前にいて、放置しておけると思う？」

「……………えと……ご、ごめんなさい」

そこで謝るのがいかにも彼女らしい。

どこまでもいいやつか！　と心の中だけで突っ込みを入れたユーベルに、ティリはそれでもまっすぐ前を見て言った。

「でも……あの、ご厚意に甘えるわけにはいきません。ここはA寮で、序列一〇〇位以内――ランクAの生徒が住む場所です。それに……」

「うんうん、確かにそうだ。でも現実にこうして空きがある。誰かが迷惑するわけでもないし、むしろ空いてる部屋を有効利用しているとすら言える」

あらかじめ想定していた答えに、ユーベルはあっさりと反論する。

「そもそもティリのためっていうか俺のためだからね。あのまま放置してたら罪悪感がはんぱないし、なるべく多くの女の子と一緒に住みたいじゃん？」

「え、えっと……」

「なにより――敗者は誰の言うことを聞くんだったっけ？」

それを言われるともうなにも続けられない。

眉根《まゆね》を寄せたティリは、困ったようにうつむいてしまう。

どうやらこの病的な〝良い子〟はここまで理屈を積み重ねられても享受《きょうじゅ》できないらしい。

単純にユーベルの厚意に与《あずか》れるわけにはいかないと思っているのだろう。

ふむ、と腕を組んだユーベルはあっさり作戦を変えた。

「んじゃ、要求変えるわ。敗者のティリにはしばらく勝者の俺の使用人になってもらう」

「……え？」

「この学園、ランクA以上の生徒は使用人の帯同が許されてるよな？　使用人は当然主人と同じ部屋ですごすし、生徒として住むわけじゃないからランクは関係ない。もちろん使用人だからいろいろ働いてもらうし、それがこの部屋で暮らす対価にもなる。どうだ？」

「わたしが……使用人……」

一方的な厚意がダメなら正当な対価を要求して納得させる――。

普通お前今日から使用人な、なんて突然男から言われたら即座に神霊魔装をまとってもおかしくないのだが、ティリは嫌な顔一つせず、むしろなるほどとこくこくとうなずいて。

「――わ、わかりました。使用人として、お世話になります」

意を決したように言い、深々と頭を下げてきた。

「よしよしこれで安心だ。主に俺が」

よかったよかったと呟《つぶや》くユーベルに、まだ所在なげにしているティリが遠慮がちに言う。

「あの……ユーベルさん」

「あーその『さん』っていうのもやめようか」

「はぅ……す、すみません……えと、ではなんとお呼びすれば……」

「そうだなー。んー使用人だし、ご主人さまとか？」

「はい。わかりました、ご主人さま」

「いや冗談……ってわりと悪くないな」

嫌な顔一つせず、むしろどことなく嬉《うれ》しげに見えるティリが、ふわふわとした銀髪を揺らし、上目遣いにこちらを一心に見上げ、『ご主人さま』と言うのは。

「うーむ可愛《かわい》い……」

子犬っぽくて。

「ふぇっ!?」

思わず素で呟いたユーベルに、ティリが顔を赤くし、うつむきもじもじとしだした。

「ぁの……ぇ、えっと……」

そうして指先をいじいじする様は最高に愛くるしいのだが。

「あーやっぱやめよう。よそよそしさむしろ増すし。他の生徒に何事かと思われるか」

元学園序列一位にご主人様と呼ばせてる男って——結構いいいな？

「……そ、そうですか」

なぜかがっかりしたようにうつむくティリに、ユーベルは即座に言った。

「まあこの部屋の中だけなら別にいいけど」

「……は、はいっ」

いやだからなぜ喜ぶ？

そう突っ込みたくなるのを我慢していると、ティリが再びそわそわとこちらの様子を窺《うかが》っていることに気づいた。

「あーなんかしたいことがあるなら遠慮なく……あーいや、こう言ったほうがいいな。

——この部屋で好きにすごせ。命令ねこれ」

「す……好きに……ですか」

「そうそう自分一人の部屋だと思っていつも通りにね」

「い……いつも通りに」

そう確認するように呟《つぶや》いたティリは、なぜか顔を赤くし、ちらちらとこちらを見てきて。

「……？」

あんまりじっと見ているのもなんだし、放置するか。

そう思って目を離そうとした瞬間——

ティリが服を脱ぎだした。

制服のブレザー、リボン、靴下だけでなく。

スカートを落とし、ブラウスを脱ぎ、可愛《かわい》らしい白の下着姿になった彼女は、息を呑《の》むほど美しくて──

「ってなんで!!」

遅ればせながら突っ込んだユーベルに、ティリはビクリと震え、自分で自分を抱きしめるようにする。

「え？　え？　あ、あのあの……いつも通りにって──」

そのままユーベルから離れるように後ずさろうとし、

「ひゃんっ!?」

スカートを踏んで盛大に足を滑らせた。

「くっ──ぅおっ」

背中どころか頭から転びそうなティリの手を掴《つか》み、間一髪支えたと思ったのも束《つか》の間《ま》、ユーベルもまたバランスを崩《くず》してティリに覆《おお》い被《かぶ》さるような格好で倒れる。

小さくはない音が響き渡り、ユーベルは痛みに顔をしかめながら起き上がろうとして。

「いっつ……ん？」

ふにょりと。

「あっ——んんっ」

掌《てのひら》いっぱいの柔らかい感触と、艶《つや》めいた声。

視線を落とすまでもない。

ユーベルの右手は豊満なティリの胸を思い切り揉《も》みしだいていた。

「——」

ほう、思ったよりでかい——冷静にユーベルがそんなことを考えたそのとき。

ガチャリと部屋の扉が開いて。

「——なるほど」

じっとこちらを見下ろす妹様は、パチリと雷をまといながら怖いほど綺麗《きれい》に微笑《ほほえ》んだ。

「説明してくださいますね、お兄様」

‡

「ご——ごめんなさいごめんなさいごめんなさい！」

床に頭をつき、いわゆる土下座状態のティリを前に、ユーベルはため息を吐《つ》く。

ドアを開けたらユーベルがティリを押し倒していたという状況に、リリアは文字通り殺

気をまとい、ついでに魔法もまとい、そんなリリアに反応してティリは元学園一三血姫序列一位に相応《ふさわ》しい動きを見せた。

反射的にユーベルをかばうように起き上がり、同時に黒い魔力を右手に集め、リリアに向けて――「ば――やめろ！」間一髪のところでユーベルに止められたのだ。

そうして、リリアが同室の少女であり、ユーベルの妹であることまで説明すると、ティリは怜悧《れいり》な刃物のように研ぎ澄まされていた表情を崩《くず》し、一転して謝りだした。

そのあまりに極端な豹変《ひょうへん》ぶりに、ユーベルは半《なか》ば引きつつ言う。

「いやうん……もういいから……とりあえず服着てくれ」

「――っ!! ご、ごめんなさい……っ」

自分がどんな格好か気がついたのか、顔を赤くして服を着直しはじめたティリから顔を逸《そ》らすと。

「ところでお兄様」

ずっと。

一連の間も微動だにせず、部屋に入ったところで立ったままだったリリアと目があった。

「リリアに対するフォローがまだなのですが」

「……あーそうだったな」

「なぜ《慈悲無き破壊の妖精剣《ようせい》》がここにいるのですか」

「……うん、もっともな疑問だ。あまりにもっともすぎるから、とりあえず納得するっていうのはどうだ？」

「その答えは大変お兄様らしくて素敵ですが、ちょっと意味がわからないです」

「あ、そう……」

「なぜお兄様がその《慈悲無き破壊の妖精剣》を――下着姿の女の子を、押し倒して、あまつさえ胸を揉《も》んでいたのですか」

「その前にリリア。ちょっとその、すぐに雷まとうのやめてもらえる？　怖いから。

「なぜお兄様はあれだけアプローチし続けたリリアには全然手を出してくれないのに、つい先日一度闘って勝っただけの《慈悲無き破壊の妖精剣》には手を――」

「突っ込む部分がおかしい！　あと手は出してない！」

「あの状況でですか」

「……確かにややこしいこと極まりない状況ではあったが、そこは本当だ」

「なるほど。では本当ではない部分もあるんですね？」

――あ、これダメなやつ。

即座に察したユーベルは、すべてを誤魔化《ごまか》す伝家の宝刀『好きだよリリア』を抜こうとして。

「あ……あの、わたしが悪いんです！」

追い込まれるユーベルを見かねてか、ティリが声をあげた。

「わ、わたしがその、『自分一人の部屋だと思っていつも通りに』すごそうとしたから……」

それは確かにユーベルが口にした言葉だが。

「その話の流れですと、普段自分の部屋では下着姿ですごしていると受け取れるのですが」

「………あの……ふ、服を着ていると苦しくて」

「胸がですか」

率直に言ったリリアに、ティリは恥ずかしそうに着やせする二つのふくらみを腕で隠す。

「え、えと……む、胸だけに限らず、わたしの刻印、全身に走ってしまうので……」

神霊魔法の使い手は、神霊と契約し、己の身体に刻印を刻む。

そして刻印に魔力を走らせることで、契約した神霊の力――魔法を行使するのだが、その際込められる魔力が強ければ強いほど刻印は熱を放つ。

その魔力はときに刻印を覆《おお》う衣類をすべて燃やし尽くすことすらあるのだ。

そのため、莫大《ばくだい》な魔力を持つ魔法剣姫は、神霊魔剣を使用する際には魔力と親和性が高く、個々人の刻印を露出させるような形状を記憶させた神霊魔装を身にまとう。

ちなみに魔法学園で支給される制服は魔力でその神霊魔装へと形状を変える特殊なもの

になっており、生徒は基本的に制服姿ですごすことを義務づけられている。

もちろんそれはあくまで自室の外での話なわけだが。

「あーようするに、魔力いっぱいのティリは服を燃やす恐怖から普段部屋では服を脱いで過ごしていて、俺が自分の部屋のようにすごせって言ったから服を脱いだと」

「…………………はい」

しゅんとするティリに、リリアは軽く小首を傾《かし》げて。

「痴女ですか？」

「………うう……」

「常識的に考えたら異性の目がある場所で下着姿になるのはありえないですよね」

「…………その……言い遅れてしまって大変申し訳ないんですが、わたし……今まで、人と、一緒に暮らしたことがほとんどなくて」

「人と一緒に暮らしたことがない――？」

とんでもない事実に思わず声をあげたリリアに、ティリはよりいっそう小さくなる。

「は、はい……それで、その、人と暮らすときの常識が……あ、え、えと、もちろん自分の部屋だと思ってすごしていいと言われて嬉《うれ》しかったんですが――ど、どこまでいつも通りにすればいいのかがわからなくて」

消え入りそうになる声からはティリが嘘《うそ》や冗談を言っているようには思えない。

彼女は本当に今まで誰かと一緒に暮らしたという経験がなく、それゆえに同居人、それも異性がいる前で服を脱いでもいいものなのかわからなかったらしい。

「それまで使用人に着替えさせてもらっていたから、他人の前で肌を晒《さら》すのが恥ずかしいことなのかわからなかった……というわけではないのですよね？」

それはかつてのリリアが経験したことで、基本的にそれなりに名の通った家の娘——お嬢様しかいない魔法学園なら十分にありえることだが。

「……えと、使用人さんがいたこともないです。学園ができてすぐ入学して……なんでも一人でできるようにと、言われていましたので」

「すぐ入学………なるほど。ではあの噂《うわさ》は本当だったということですね」

「噂？」

「《慈悲無き破壊の妖精《ようせい》剣》がいつから序列一位だったか、という話になると必ず出てくる、学園創設時からそうだったという噂です。彼女の年齢から推測してありえないとされていたのですが」

「……ティリっていくつ？」

「えと……一四歳、です」

ソルブラッドが次代の《一三血姫《じゅうさんけつき》》養成機関としてグランディスレイン魔法学園を創設したのは、大陸を統一してすぐのことだ。

原則的に魔力のピークと言われる二〇歳までに《一三血姫》に空きができるか、《一三血姫》の側近――《眷姫《けんき》》として抜擢《ばってき》されるまで、学園には在籍し続けることができる。

《一三血姫》になることが目的であれば、《眷姫》の誘いを断り続けることになるからだ。

ということは――

「一四歳にしてこの胸ですか……――あぅ」

別のところに食いついたリリアに一応手刀で突っ込みを入れて、ユーベルは言う。

「学園創設時四歳で、その頃からずっと序列一位だったたってことか」

「でも……ご主人さまには、負けてしまいました」

なぜか嬉《うれ》しそうに笑うティリに、ユーベルは硬直する。

「ご、ご主人さま？」

やば――

「お兄様。今リリアの聞き間違いでなければ、《慈悲無き破壊の妖精剣》がお兄様をご主人さまと呼んでいたような気がするのですが」

目の据《す》わっているリリアに、ユーベルは間髪入れずに言った。

「――リリア好きだ」

「リリアもですお兄様！　――で、なんでですか？」

「揺らがないだと!?」

思ったより冷静だったリリアに、ユーベルが驚いてみせ。

「大丈夫ですお兄様。リリアはただ今後お兄様をご主人さまと呼ぶべきか考えているだけですから」

「いやそこはお兄様で頼む」

どこ気にしてんだよ……と突っ込みたくなったが、余計なことを言ってこじらせるのも面倒なので口を噤《つぐ》む。

リリアはそんなユーベルをひとしきり見つめたあとで、はらはらし通しのティリに視線を向け、

「しかし、それならもう一つの謎《なぞ》――『《慈悲無き破壊の妖精剣《ようせい》》はなぜ姫閥を作らないのか』にも答えが出せそうですね」

まったく関係のない話を続ける。

「……あー、まあそっちは明白だな」

ユーベルはすでにティリから《慈悲無き破壊の妖精剣》がどれだけ畏《おそ》れられているかを聞いている。

学園創設時から最強の魔法剣姫として生きてきたティリには誰も近づいてこず、それゆえに彼女もまた他人とのコミュニケーションの取り方を学ぶことができなかった。

つまり、単純なコミュニケーション不足。

最強無比の魔法剣姫《慈悲無き破壊の妖精剣》は、姫閥を作らなかったのではなく作れなかったのだ。

「あの……そんなに不思議に思われていたのですか？」

恐る恐る訊《き》いたティリに、リリアはすっぱりと言う。

「そうですね。不思議というか、姫閥を作るどころか誰とも会話しているところを見ない《慈悲無き破壊の妖精剣》は、一般生徒からすれば恐怖の対象以外のなにものでもなかったです」

「……はぅ」

正面から恐怖の対象呼ばわりされたティリは、居心地悪そうに縮こまる。

「『学園十三血姫《じゅうさんけつき》』に周囲の人間がつける姫名も本来なら必ず『姫』の一字が入るのですが、《慈悲無き破壊の妖精剣》だけは『剣』で終わっています。これもその強大な力と孤高の態度への畏れからだというもっぱらの噂《うわさ》でしたし」

遠慮容赦なくずばずばと言うリリアに、ユーベルは首を傾《かし》げる。

「リリアはティリが同室になるのは反対か？」

率直に尋ねたユーベルに、リリアは同じように小首を傾げて。

「なにを言っているのですか。リリアがお兄様の意向に逆らうことなどありえないです」

「……いや、そうでもないよな？」

「それはともかく」

都合の悪いことはさらりと流して、リリアはティリを見る。

あまり表情の読めないリリアに見つめられて、ティリはいっそううつむき――次の瞬間小さく声をあげた。

「こんな可愛《かわい》い子を追い出すことなんてできません」

そう言って、リリアはティリを抱きしめる。

「まったく、泣く子も黙《だま》るあの《慈悲無き破壊の妖精剣《ようせい》》が実は天然癒《い》やし系だったとか……どんなギャップ萌《も》えですか。反則です。卑怯《ひきょう》です。可愛いです」

「あ、あの……」

「それに」

ティリの髪に顔を埋めかけていたリリアは、小さく続ける。

「行き場のないつらさは――リリアたちも十分理解できることですから」

「…………えと――きゃうっ」

「むーやはり出るとこ出てますね。これで一四歳とは……」

「はうぅ……」

「おいリリア。もっとやれ――と言いたいところだが、ハーレム要員の予定だから程々に」

「……ハー、レム？」

聞き慣れない単語にティリが小さく呟《つぶや》き、リリアはこくりとうなずいて言う。

「簡単に言えばお兄様のお兄様によるお兄様のための――姫閥のことです」

「ユーベルが姫閥を作るのですか？」

驚いたように言うティリに、ユーベルがイタズラっぽく笑ってみせる。

「学園一三血姫《じゆうさんけつき》でないどころか、魔法すら使えない俺が姫閥を作るなんて無茶《むちや》な話だろ？」

学園には明文化された規定ではないが、暗黙の了解というものがいくつか存在する。

その一つに、姫閥を作ることが許されるのは学園一三血姫のみというものがあった。

『力こそすべて』という学園の指針からしても、派閥の主となる人間は、なにより魔法剣姫として優れていなければならない。

他を圧倒する強さを持った魔法剣姫となれば、必然的に学園一三血姫ということになる。

形式的なものとはいえ、もちろんその不文律を破れば、他の姫閥――ひいてはその主姫である学園一三血姫が黙っていない。

当然それは元とはいえ、序列一位の地位にあったティリにも当てはまるわけだが――

「いえ――素晴らしいと思います！」

元序列一位の学園一三血姫《慈悲無き破壊の妖精剣》は力強く言う。

「ご主人さまは序列一位だったわたしに勝ったのですから、姫閥を作る資格は十分にあると思います……！」

「元序列一位からのお墨付きですよお兄様」

「……これくらい他の連中もちょろければいいんだけどなー」

「簡単でないとしても、お兄様なら可能です。というわけで作りましょう。今すぐ」

「だから……なんでそんなに急いで作らそうとすんの？」

「早くハーレムを作って、女性に慣れたお兄様に襲《おそ》ってもらいたいからです」

「ああうん、思ったとおり私利私欲にまみれてたわ」

「お兄様もそうでしょう？」

「いやまあ……確かにそうだけどな」

「あの……わ、わたしにもなにか協力できることがあれば……」

「それではティリには——」

そう言って話を勝手に進めはじめたリリアに、ユーベルは面倒そうにため息を吐《つ》いた。

‡

他人と暮らすことでリリアの無茶《むちゃ》な絡みも少しは減るんじゃないか——というユーベルの密《ひそ》かな希望は、儚《はかな》くも砕け散った。

むしろリリアはティリの常識からズレた部分を巧妙に利用してよりいっそうユーベルを

揺さぶりにきた。

それはたとえばシャワーを浴びるときでも。

「……あ、あの……お先にシャワーをいただきました……」

「んー……ん？　ティリ？　今リリアが——って服は！」

「——ひぅっ」

恥ずかしそうに胸と下腹部を隠すティリは、濡《ぬ》れた髪もそのままにどこからどう見てもまっさらな裸で。

「それはですねお兄様」

追って出てきたリリアも当然のように服を着ていない。

こちらはタオルを局部だけを隠すように巻きつけていて、それがまた絶妙に扇情的《せんじょうてき》で。

「シャワーから上がったときは服で身体を汚さないよう裸でいるべきなのだとリリアが教えて差し上げたからです。ちなみにシャワーは一緒に浴びました」

「なに素敵なことしてんだよ偉いぞ……とでも言うと思ったの？　つーかお前も服着ろ」

「お気になさらないでくださいお兄様」

「俺じゃなくてお前が気にしてください。あーティリも服着ろ」

ユーベルに言われ、ティリは慌てて出てきたシャワールームに引っ込む。

「はぅ……でも今からベッドで神聖な儀式をするからとリリアに言われて」

「とりあえずリリアが口にするこの手のことは基本嘘《うそ》だから信じなくていい。これ命令ね」

命令という言葉に、ティリは大人しくこくこくとうなずくが。

「いえお兄様。ベッドで行う神聖な儀式に服がいらないのは事実です」

しっとり濡《ぬ》れた金髪をこれみよがしに見せつけてくる妹はまったく大人しくならない。

「ティリもティリです。この程度で恥ずかしがっていては〝ご主人さま〟と結ぶ『姫結いの契り』を乗り越えられませんよ」

「は、はぃ……」

「いや『姫結いの契り』ってお前……」

ユーベルが伝え聞いた『姫結いの契り』は姫閥に入る際に、従者となる者が主となる魔法剣姫に誓う契約の儀式だ。詳しくは知らないが、リリアの反応からしていかがわしいものだということはわかる。

「ちなみに従者は『姫結いの契り』が破棄されない限り、そのとき宣言した誓いを強制的に遵守《じゅんしゅ》することになります。そう、お兄様がティリを使用人という名の奴隷にするというのであれば、当然お兄様の言うことであればなんであれ聞くという誓いでも――」

「いやまず姫閥まだないし。そもそも姫閥にティリを入れるっていうのも――あー突っ込みどころが多すぎて突っ込むこと自体がめんどくせえ……」

「ふ、計画通りです」

などなどと。

ことあるごとに新たな仕掛けを試みてくるリリアに、ユーベルはつくづく辟易《へきえき》していた。

ティリもティリで人との共同生活がはじめてというのは本当らしく、至る所で新鮮な反応を示してくれて。

夕食のときには。

「……！　こ、これはなんという料理なのですか？　こんなおいしいものはじめて食べました……！」

「……スクランブルエッグが？　そもそもそれ朝の残りをもう一回火にかけたものだし」

「では、こちらのお兄様特製スープはどうですか」

「——!!　こ……こんなものが人の手で生み出せるのですか……!!　ユーベルは料理も天才ですか⁉」

「…………今までどんなもの食べてきたんだよ」

「えと、月に一度おクスリ——あ……あの、一月分の料理が支給されて」

「へえランクSSにもなるとそんな待遇になるのか」

「あ、えと、わたしだけかもしれません。ソルブラッド、お父さまから、直接送られてくるので……」

「…………あーなるほど。ティリは直系なわけね」

現在学園に所属する生徒の大半は二世代目《セカンドブラッド》——ソルブラッドの孫だ。

ソルブラッドの血さえ入っていれば魔力の爆発的な覚醒《かくせい》は可能なので、一世代目と二世代目に実質的な差はないが、現《十三血姫《じゆうさんけつき》》に成り代わる条件の一つに『十代であること』というものがある。

そのため、二〇歳になった生徒は学園を卒業しなければならず、直系と呼ばれる一世代目のほとんどは現《十三血姫》やその眷姫《けんき》、あるいは二世代目の母となっている。

そして、旧グランディスレイン王国が代々女系であったように、その流れを汲《く》むティルフラウ共和国も女系で、重視されるのは母親の血統だ。

二世代目の父親が誰であろうとさしたる話題になることはない。

「……それでも珍しいですね。母方ではなく父方——それも直接〝魔王〟……さまの、援助を受ける、というのは」

「あ……えと、わたし、お母さまのほうの親戚《しんせき》は一人もいないので……」

「……そうでしたか。リリアたちと一緒ですね」

「そ、そうなのですか……？　あの……えと、すみません」

「いえいえ。お互い様です」

「……あーまあだからこのくらいの料理は割と余裕なわけだ」

「微妙な空気になったのを察して無理矢理《むりやり》話題を変えられたのですね。さすがの気づかいですお兄様」

「今リリアが口に出したことで台無しになったけどな……あと突っ込むまいと思ってたけどリリアが着てるのそれ俺のシャツだよな？」

「——と、雰囲気を上書きするために今ここでその突っ込みをするお兄様……素敵です」

「解説すんのやめろ」

などといつも以上に賑《にぎ》やかにしているうちに就寝時となった。

そうして消灯後。

「——今日はご主人さまとリリアと一緒に暮らせるようになりました」

唐突に、ティリがそんなことを小さく呟《つぶや》くのを聞いて。

「……なんですか急に」

リリアが率直に尋ねる。

「ぁ——ご、ごめんなさい……いつもの癖で……」

「いえ、別に責めてはいないですが」

「いつもの癖って？」

ユーベルの問いかけに、ティリは暗闇の中で身じろぎしながら言う。

「…………えと……寝る前に、今日起きたいいことを一つだけ思い返して、口に出して言うんです……そうすると、明日もがんばれる気がして」

「また……ずいぶんと可愛《かわい》いことを」

リリアがバフバフと布団を動かし、少しだけトーンを落とす。

「でも、いいことがない日もありますよね？　そういうときはどうするんですか」

「……いいことを見つけます」

「見つける？」

「どんなにつらいことばかりの日でも……一つはいいと思えることがありますから」

「――」

暗闇の中でティリの顔は見えない。

けれど、彼女が浮かべているであろう健気《けなげ》な微笑《ほほえ》みに、二人とも黙《だま》りこんでしまった。

「今日ご主人さまと話せたこと、リリアと一緒にいられたことは――とびきりの一つです」

そう感慨深げに呟《つぶや》いたティリに。

「ティリ――恥ずかしすぎです」

リリアの突っ込みには、ユーベルも深く同意せざるをえなかった。

三章　剣姫たちの花園

翌日。

「あー……やっと着いた」

中央学習棟の大教室A。黒板を正面に段々になっている教室の適当な席に座ったユーベルは、手にした鞄《かばん》を置いて机に突っ伏す。

昨日行けなかったことを考えれば、実に一日ぶりの目的地への到着だ。

「登校お疲れさまですお兄様」

「……ほんとにな。お前のせいでな」

「聞きようによってはすごく卑猥《ひわい》に聞こえますね。素敵です」

「あーめんどいから突っ込みはパス」

ユーベルにとって仕切り直しとなる初登校は、前日以上の注目を集めることとなった。

なぜかと言えば。

「……あの、気のせいでしょうか……すごく見られているような……」

ユーベルの隣に静々《しずしず》と座る可憐《かれん》な銀髪の少女。

不安げなその表情とは裏腹に、彼女の実力はこの学園の誰もが知っている。

教室に入る前から、興味とも恐怖とも取れるような眼差《まなざ》しを集めまくっているティリに、これまたユーベルの隣に座るリリアが言った。

「元学園最強とその学園最強を倒した学内唯一の男子生徒が一緒に登校していれば、注目するなと言うほうが無茶《むちゃ》な話ですね」

「……はぅ」

「ま、そこは仕方ないんじゃねーの」

ユーベル一人でも相当の注目を集めていたのだから、そのユーベルと元学園最強にしてユーベルに倒されたはずのティリが一緒にいれば気になるのが当然だ。

おそらくユーベルが逆の立場でも注目していたに違いない。

「冷静ですねお兄様」

さすがとうなずくリリアに、ユーベルは神妙な表情で言う。

「ああ……お前のつけてるネクタイが俺のだって気づくくらいにな」

リリアがつけている学園指定の不自然に長いネクタイ。

どう見てもユーベルのスペアとしか思えない。

「お兄様。これはお兄様におろしたてのネクタイをつけさせて何かあれば大変だと思い、あらかじめリリアが試して――」

「毒味!? 仮にそうだとしても教室までつけてくんなよ！」

「ご安心ください。そのあいだお兄様にはリリアのスペアをおつけいただいていますから」

「それで俺のワードローブにリリアのネクタイが入ってたわけね……短いと思ったわ」

「ちなみにお兄様の制服はすべてリリアが一度袖《そで》を通しています」

「なんで⁉　新品を着させろよ！」

　と一通り突っ込んでから。

「……ま、それはそれとして」

　一転してトーンを落としたユーベルは、さりげなく周囲を見まわしながら小声で言う。

「ほんと見事に向けられる視線に温度差があるなー。今の会話に対する反応を分類した感じ——珍獣観察が五グループ、敵性観察が四グループ、好意的観察が一グループ、無関心を装った観察が二グループってところか」

「……………え？」

　突然の会話の変調についていけないティリと裏腹に、リリアはさも当然のように静かに応える。

「今この教室にはランクA以上しかいません。ランクが高いほど姫閥の中で強い発言力を持ちますし、主である学園一三血姫《じゅうさんけつき》の傾向を色濃く受けます。彼女たちの態度はそのまま所属する姫閥の傾向と受け取ってよさそうですね」

「好意的な姫閥は一つだけかー……めんどくさー」

「むしろ一つでもあったことが驚きです。元より学園内は保守的ですし、女尊男卑は学園外の比ではありません。お兄様のいらっしゃらなかった先日に探りを入れた感じでは、彼女たちの姫閥もあまり好意的ではなかったのですが」

「まあそこら辺は追々調べていけばいいな。幸いにして容姿のレベルは軒並み高いみたいだし——ってどうしたティリ」

先ほどからずっとティリが目を見張るようにしてこちらを見ている。

「——す、すごいです」

「……なにが？」

「先ほどのやり取りは周りの方の反応を見るためのものだったのですね……！」

「そうです」「いや別に」

一致しない答えにユーベルは苦々しくリリアを見て。

「直接闘ったティリならわかると思いますが、お兄様は常にあらゆることに考えを巡らせており、どんな状況に対しても即座に応じることができます」

リリアがドヤ顔でティリに向けてそんなことを言ってしまったことに肩を落とす。

——仮にそうだとしても今ここで言う必要はない。

と答えてしまうのは簡単だが、それをすることで失うものは少なくはない。

「どうしましたお兄様？」

「いや……そういやリリアはどこの姫閥に所属してたんだ？」

なにげなくユーベルが口にした言葉に。

「――どこにも所属していらっしゃいませんでしたわ」

そう答えたのは、ユーベルの背後――コツコツと音を鳴らしながら階段を降りてきた、蒼い髪を豪勢な縦ロールにした少女。

派手な外見に反して、すらりとした肢体《したい》は引き締まっており、腕を組む仕草にも優雅さだけでなく洗練されたしなやかさを感じる。

そうしてユーベルたちの座る席まで降りてきた彼女は、ややつり気味の目にははっきりと敵意を込めてこちらを見てきた。

「再三の勧誘もすげなく断られるのをわたくし何度も見てきていますから」

トゲのある言葉。

それ以上に、恨みがましげな眼差《まなざ》しがユーベルにはっきりと突き刺さって。

「……へー、そりゃ知らなかった。ところで――すごくタイプです。ぜひ二人の将来について語り合いましょう」

人好きのする笑顔と共にそう言い放ったユーベルに。

「お断りしますわ」

即答した少女は、眉《まゆ》を寄せる。

「…………相変わらずですのね」

「あれーもしかしてどこかで会ってるかな？」

白々しいユーベルの言葉に、少女は眉間《みけん》に皺《しわ》を寄せたが、すぐにすまし顔に戻った。

「ええ。できれば二度とお会いしたくありませんでしたけれど」

そうしてその先を続けようとするのを遮《さえぎ》るように。

「…………ちっ」

隣の妹様が小さく舌打ちして。

「相変わらずお世話がお好きなようですね」

そっけなくそう口にしたリリアは、少女ではなく、まっすぐ前を見て言う。

「序列上位者は下位の者を気にかける義務がありますもの。当然そこにはあなたも入りますわリリア・レイン」

「そんな建前を馬鹿正直に守っているのはあなたくらいですよアディリシア・シュテファンエクト」

たったそれだけの会話で。

「……またあのお二人よ」「レインさまとシュテファンエクトさまね」「シュテファンエク

トさまはどうしてレインさまにこだわられているのかしら」「さあ……」
周囲の生徒たちがいっせいにひそひそと話しだす。
それらが聞こえていないのか、はたまた聞こえている上で無視しているのか、そこでは
じめて蒼髪少女——アディリシアを見たリリアは、無表情をかけらも変えることなく言う。
「それで、なんの用ですか。ランクSSのあなたがまさかわざわざランクAの教室にまで
来て、雑談というわけではないでしょう？」
「いちいち突っかかる言い方しかできないあたり育ちが知れますわね。そもそもわたくし
が指摘しなくとも気づいてほしいことですけれど」
「育ち云々《うんぬん》はそっくりそのままお返しします。迂遠《うえん》な言い方は別に上品じゃないのでさっ
さと本題だけ言ってお帰りください」
率直すぎるリリアの言葉に頬《ほお》を引きつらせ、アディリシアは細い指をまっすぐ伸ばす。
「——なぜティリ・レス・ベルがランクAの教室にいるのかしら」
アディリシアが指さしたのは、リリアでもユーベルでもなく——ティリ。
「…………わたし、ですか？」
突然話を振られ、戸惑うようにまばたく元学園最強に、アディリシアは臆《おく》することなく
断言する。
「あなたの今のランクはこの教室で授業を受けるのに相応《ふさわ》しくありませんわ。そのことは

あなた自身がなによりも自覚していることではなくて？」

ランク外だったユーベルに敗れ、その後ランク戦を行っていないティリは、現状学園最下位の序列――つまりランクDだ。完全実力主義のグランディスレイン魔法学園は、寮だけでなく教室や授業もランクで分けている。

上位ランクの生徒が下位ランクの授業を受ける分には問題ないが、逆は許されていない。

「あ……わ、忘れて――」

周囲を慮《おもんぱか》ってか、途中で黙《だま》りこんだティリに、アディリシアは追及の手をゆるめない。

「そもそも仮にも元学園一三血姫《じゅうさんけつき》のあなたが、その座から陥落するきっかけとなった相手と行動を共にするというのはいかがなものですの？」

なぜかユーベルではなくリリアを見たアディリシアに、リリアはぼそりと一言。

「――このド貧乳が」

「……!?」

急になにを――そう思ったユーベルがアディリシアを見て。

「む、胸は関係ないもん!!」


「……………もん？」

一瞬前の余裕などかけらもなく。

顔を真っ赤にしてぷるぷると震える少女に、ユーベルはそっと察する。

どうやら気にしていたらしい。

「……あっ、……う、こ、こほんっ。――えー、つ、つまり、今の話にわたくしの胸部は関わってこないですわよね」

「今さら取り繕《つくろ》っても遅いですよ」

「うー―うるさい！　そもそも胸が大きいからどうだと言うんですの!?　神霊魔剣となにか関係があるとでも!?」

「はっ。魔法剣姫は次代にその力を引き継ぐのも立派な仕事の一つ。あなたは男性が女性のどこに惹《ひ》かれるかご存じですか？　実力がさして変わらないのなら、外見が魅力的な魔法剣姫と魅力的でない魔法剣姫、どちらのほうがより価値が高いと思います？　ねえねえ」

「ぐぐぐ……っ、ほ、ほんの少しわたくしより大きいくらいで調子に乗って……！」

「ティリのこれを見ても同じ台詞《せりふ》が言えますか？」

「――っ！」

がしっと胸を後ろから掴《つか》まれ、言葉もないティリ以上に、アディリシアが圧倒される。

「まったく。胸の大きさでも負けて、魔法剣姫としても負けて。恥ずかしく――」

「――負けていませんわ」

強い語調。

それまでの口調を一変させたアディリシアは、静かに告げる。

「訂正なさいリリア・レイン。わたくしはそこの無法者に勝負の機会を奪われただけで、魔法戦において《慈悲無き破壊の妖精《ようせい》剣》に負けたわけではありません」

そうしてまっすぐこちらを見つめてきた彼女に。

「――あー、そういうことか」

ユーベルは、ぽんと手を打って。

「やっと話がつながった。あの日あのあと、本来ティリと闘うはずだったのはあんただったわけだ。試験官役のシュテファンエクトさん」

特徴的な蒼髪縦ロールを揺らしたアディリシアに、ユーベルはすべてを察する。

あの日、ユーベルの入学試験の試験官役となっていたアディリシア。

入学試験と同時に行われていた定例ランク戦は、下位ランクの試合から消化されていき、その際の試験官は上位ランクの生徒が請け負う。

もちろん試験官役の生徒たちもそのあとで定例ランク戦を行うが、アディリシアはその相手をユーベルに奪われ、ランク戦そのものができなかったということだ。

「……ええそうですわ。あなたが余計なことをしなければ、わたくしが《慈悲無き破壊の妖精剣》を倒すはずでしたのに……！」

ぎゅっと拳《こぶし》を握りしめたアディリシアは、本気で悔しそうにしていた。

そんな彼女の様子に、ユーベルは真剣そうにうなずいて。

「どんまい」

「あなた本当に反省してらっしゃる⁉」

全力で突っ込んだアディリシアに、ユーベルは爽《さわ》やかに笑う。

「いやー悪い悪い。謝って納得いくならいくらでも謝るよ？　口だけだけど」

「こ……こ、この……っ」

「まあほら、そんなに納得がいかないならさ、今からでもティリと――」

「できるわけないでしょう！」

苛立《いらだ》ちを隠そうともせず、かぶせるように言ったアディリシアは、ティリを見て言う。

「学園の生徒が互いのランクを賭《か》けて闘うのは二ヶ月に一度の定例ランク戦か、学内外の参加を問わない年一度の魔法剣姫の祭典『神霊奉魔祭』のみ」

「――そして、それ以外の私闘はよほどのことでもない限り行うことが許されていない。」

うん、まあそれは知ってる」

「でしたらはじめから言わないでくださる!?」

ユーベルの軽い発言に憤るアディリシアに、リリアがあからさまなため息を吐《つ》いた。

「別にいいでしょう? ユーベルお兄様がティリ・レス・ベルに勝ったことで、あなたは結果的に学園一三血姫になれたのですから」

「……ああ、ということは——」

「ご明察ですお兄様。あの日の時点でアディリシア・シュテファンエクトの序列は一四位。つまり、お兄様がティリに勝ったことで自動的に序列が一つ繰り上がり、彼女は新しい学園一三血姫《じゅうさんけつき》になれたのです」

「なるほどねー。じゃあむしろ感謝されてもいいくらいじゃん?」

ユーベルが何気なくそう言った瞬間、彼女が神霊魔装に身を包み、蒼《あお》い魔力を爆発させるのがわかった。

魔法剣姫がまとう魔力。

普段は意図的に制限し、神霊魔剣を具現化するときだけ放出するその力を、臨界ギリギリまで放つアディリシアに——周囲の生徒たちがざわつく中、リリアだけはなにも気づいていないとばかりにさらりと言う。

「お兄様。彼女はその経緯自体が気に入っていないという大変面倒な人間なんです。おまけにこれだけ大勢の前で恥をかかされて、余計に苛立《いらだ》っているのですよ」

「知ってる。ついでに今リリアがわざと口に出して言って煽《あお》ってることもな」

「ばれましたか。さすがです」

煽っているとしか思えない言葉と仕草。

誰もがアディリシアの神霊魔剣を目の当たりにすると思ったそのとき。

「……ふん」

逆巻くような魔力は拍子抜けするほどあっさりと収束し、アディリシアは優雅に髪をかきあげて。

「この件についてはいずれきっちり追及させてもらいますわ。それと――わたくしを罠に嵌めたいのなら、もう少し頭を使ってくださる？」

挑戦的な言葉を残し、彼女が踵《きびす》を返すと同時に――鐘が鳴り、教室の扉が開く。

「――なるほど。そこまで愚かではなかったようですね」

リリアが小声で呟《つぶや》き、

「それでは一時限目の授業を――あら？　どうしたのみなさん」

一時限目担当の講師は、奇妙な緊張状態にある教室を見渡して不思議そうに首を傾《かし》げた。

‡

「――不愉快です」

終業の鐘と共に外に出たリリアは、隣のユーベルに向かって珍しく愚痴《ぐち》をこぼす。

「あの貧乳縦ロール……きっとティリに恨みがあるに違いありません」

あの後――アディリシアが白々しくも『教室を間違えましたわ』と言って教室を出て行こうとするのにあわせ、ティリもまた黙《だま》って追従したのだ。

あんな貧乳の言うことを聞く必要はない――そう言って止めようとしたリリアに。

「い、いえ、わたしが悪いんです……ずっと授業には出ていなかったので制度のことをすっかり忘れていました……」

小声でそう答えたティリは、申し訳なさそうにこちらに一礼して教室を出て行った。

ランクDの教室は中央学習棟から中庭を突っ切った先、第二学習棟にある。

おそらくティリはそちらで授業を受けているのだろう。

「まあ本当にティリも忘れてたみたいだけどな……しかし、ランクSSは授業まで免除されてんのか」

「ランクSS――学園一三血姫《じゅうさんけつき》は文字通り特別ですから。他にもたくさんの特典がありますよ。使用人も五人まで常に付き従えることができますし」

「学園限定の王様ってわけね。まあ外での《一三血姫》がそうなんだから当たり前といえば当たり前か」

大陸統一後、《一三血姫》はその半数がソルブラッドの命でそれぞれ旧六大国の統治者──《姫王》となった。

そしてグランディスレイン魔法学園は、その《一三血姫》──《姫王》を育成する機関なのだから、学園内でそのような扱いになってもなにもおかしくはない。

「だからその学園一三血姫中心に姫閥などというものができるのでしょうね。まだ入学したばかりのお兄様はご存じないと思いますが、はっきり言ってこの学園の姫閥中心主義は異常ですよ。その異常さは………ああ、大変嬉《うれ》しくないことにちょうどそこら辺のことを体感できそうです」

リリアがため息混じりに言うと同時に、ユーベルたちの行く手を三人の少女が遮《さえぎ》った。

「ごきげんようリリアさん」

綺麗《きれい》に声を揃《そろ》えた三人の少女は、一見しただけでは特徴が掴《つか》みづらい容姿をしている。

画一的な制服に身を包み、同じような髪色の同じような髪の長さの少女たち。

それぞれ所作から育ちの良さは感じるが、妙に形式張った印象を受けた。

「……どうもこんにちは」

一応という体《てい》で挨拶《あいさつ》したリリアに。

「まあ、ご挨拶は明るく笑顔で」

「そうですわ。せっかくのお美しいお顔が台無しですわよ」

「ええ、ええ。殿方も笑顔がお好きとうかがいますわ。ねえ、あなたもそうでなくって？」

矢継ぎ早にダメ出しをした上で、最後の言葉はユーベルに向けてきた。

「いやー状況によるけど、ちょっと冷たいくらいのほうがそそるかなー？」

「あら変わっていらっしゃいますのね」

「それはもう。魔法も使わずに入学試験を突破されたとお聞きしていますもの」

「ええ、ええ。それもわたくしたちと同じランクAにまでなられたのですから、変わっていないわけがありませんわね」

そう言いながら、品定めするように見つめてくる少女たちに、ユーベルはわざとらしく身じろぎをした。

「で」

勝手に盛り上がる少女たちに、リリアが楔《くさび》を打つように言う。

「なにかご用でしょうか」

用があるならさっさと言え。暗にそう匂わせるリリアに、少女たちはお互いに顔を見合わせ、すぐにまた笑みを浮かべた。

「もちろん用はありますわ。それもリリアさんあなたへの用が」

「では、さっさとその話をしてください。次の授業へ向かう途中ですので」

中庭のど真ん中で止まっていると、同じく移動中の生徒たちから否応《いやおう》なく視線を集める。

リリアたちが目立つのはすべて意図あってのものだ。それ以外の理由で、つまり無駄に目立つのは避けたい。

そんなリリアの意思を感じ取ってか、少女たちもまた率直に口を開いた。

「リリアさんこそ――さっさとお話しいただけないかしら？」

「わたくしたち、何度も貴女《あなた》にお訊《き》きしていますわよね？」

「わたくしたちの所属する姫閥に入りませんこと？　と」

（……ああこれね）

ここにきてユーベルはようやくリリアの言っていた『そこら辺のこと』を理解する。

ようするに彼女たちは姫閥に所属していないリリアをずっと勧誘し続けているらしい。

より正確には断り続けるリリアを、だ。

ユーベルがリリアから直接そう聞いたわけではないが、そんなことは冷たいリリアの表情を見ればわかる。

「何度も言っていますが――」

「ああお待ちになって」

リリアの言葉を遮《さえぎ》った少女は、謎《なぞ》のドヤ顔を浮かべて隣の少女を見る。

その少女は後を継ぐように口を開いた。

「序列五位《桜花の麗爛姫《れいらんき》》アンリエット・テレーズ・トワロさまの『桜花夜会《ソワレ》』に入るつもりはない、そうおっしゃるつもりなのでしょう？　それは少し早合点というものでしてよリリアさん」

さらに隣を見ると、三人目の少女が一度うなずいてから言った。

「ええ、ええ。今日は別のお誘いですわ。わたくしたち、『桜花夜会』は抜けることにしましたの」

「――姫閥を、抜ける？」

これればかりはリリアも想定していなかったのだろう。

素直に驚いてみせると、少女たちはここぞとばかりに言葉を重ねてきた。

「もちろん、そのまま無所属でいるつもりはありませんわ。わたくしたちは、新しくアデイリシア・シュテファンエクトさまの立ち上げられる姫閥に入るつもりですの」

ここでその名前が出てくるのか――そう思いながらユーベルがリリアを見ると、リリアは奇妙なほど表情をなくしていた。

その表情をどう受け取ったのか、彼女たちは嬉々《きき》として続ける。

「リリアさんもご存知《ぞんじ》の通り、どんな姫閥でも力を持つのは、その姫閥内での古参者に限られますわ」

「つまり力を持とうと思えばより早く姫閥に入ることが求められますわね」

「ええ、ええ。わたくしたち、今までその点を考慮《こうりょ》してませんでしたわ。『桜花夜会』ではリリアさんは新参者になってしまいますもの」

だからリリアのために新しい姫閥に入ろうと思った。そしてそこにリリアを誘っている。

この条件なら断ることはないだろう――。

「わたくしたち、序列の近いリリアさんに親近感を持っていますの」

「以前も言いましたかしら？　わたくしたちのほうが序列は上ですけれど、リリアさんの実力は買っていますの」

「ええ、ええ。名家、貴族出身でないにもかかわらずランクAだなんて素晴らしいですわ。ですから――」

アディリシア様の姫閥に入りましょう。そう続けられる前に。

「結構です」

率直にもほどがある言葉。

簡潔で明確な意思表示に、少女たちは一拍の間を置いてフォローに回った。

「……あ、ああ、そうでしたわ。リリアさんはアディリシアさまと揉《も》めてらしたものね」

「もちろん、そちらの件についてはわたくしたちがあいだに入ってよしなに……」

「ええ、ええ、なんでしたら仲のよろしいそちらの殿方もご一緒に入れてもらえるよう取り計らって差し上げても――」

「はっきり言わないとダメみたいですね。——余計なお世話です」

二度目の拒絶は、今度こそ少女たちの表情を凍らせて。

「勘違いなさらないでくださいね。あくまでリリアには必要ないというだけの話です」

柔らかな笑み。一瞬前の冷たさは冗談とでも言わんばかりに静かに一礼する。

「では行きましょう」

さっさとその場を去ろうとしたリリアに。

「お待ちになって」

硬い声。

「なんですか。もう聞くべきことは聞きましたし、言うべきことも言いました。お互いになんの用もないはずですが」

「……いいえ。あなたはまだ大事なことを言っていません」

「ええ……わたくしたちと同じ姫閥に入るつもりはない、それはもうわかりました。けれど——」

「どなたの姫閥に入るのかお聞かせ願える？」

すでに友好的な空気など一切ない。

中庭を通ろうとする生徒たちがその険悪な雰囲気にこの一帯を大きく避けていくような状況で。

リリアはあからさまなため息を吐《つ》き、冷めた眼差《まなざ》しを向ける。

「あなたたちが序列の近いこちらの動向を気にするのはわからないではないですが、少し過敏すぎではないでしょうか。僭越《せんえつ》ながらもう少し大局を見る目をお持ちになれば？　と進言させていただきます」

「な――」

少女の一人がいきり立ったのを、他の二人が押しとどめた。

それらの反応を冷静に観察しながら、リリアはゆっくりと続ける。

「その上で、あえて先ほどの質問に答えて差し上げるとすれば――既存のどの姫閥にも入るつもりはありません」

「では――」

「リリアの所属する姫閥はすでに決まっていますから」

「…………は？」

どの姫閥にも入るつもりはないのに、所属する姫閥は決まっている？

リリアは眉根《まゆね》を寄せる彼女たちの前でいきなり隣に立つユーベルの腕に抱きつき、

「ユーベル・グランお兄様の立ち上げる姫閥に決まってるじゃないですか」

ニコリと笑って。

瞬間――少女たちの気配が一変した。

穏やかなものから不穏なものへ。

急変した空気に目を細めながらユーベルは彼女たちから向けられる針のような視線をすべて受け止める。

「一応確認しますわね——本気で言っていますの？」

その、あからさまに刺々《とげとげ》しい言葉に、ユーベルはすべてを察する。

リリアやユーベルが冗談で話す姫閥の創設。

それを、学園一三血姫《じゅうさんけつき》でもない、ましてたかだかランクAごときが口にすることの禁忌《きんき》は、どうやら想像を大きく超えていたらしい。

すなわち——彼女たちにとって、それを言葉にすることは冗談でも許されない。

抑えきれない感情に早口になった少女は、まっすぐこちらを見据《みす》え、軽薄な感情を残らず消し去っている。

答え次第では神霊魔剣を抜くことも辞さない——そう言っているも同然の態度に、リリアは一瞬も躊躇《ちゆうちよ》せずに答えた。

「ええ——自らの打算でそれまでの姫閥をあっさり捨てて、新しい姫閥に入ろうとしている方々よりは遙《はる》かに本気です」

あからさまな挑発は、少女たちの沸点をたやすく突き抜けた。

ほぼ同時に制服から神霊魔装へと変化し、

「おいでなさい《アーバイン》」

「駆けて《レグリエル》」

「蹂躙《じゅうりん》するわ《シュバリア》」

流れるように神霊魔剣を具現化した少女たちの頭に、『私闘厳禁』という校則はすでにないのだろう。

突然始まった戦闘にぎょっとし、我関せずと足早に去って行ったり、逆に興味深そうに見守る周囲の生徒たちもおそらく目に入っていない。

彼女たちが見ているのはただ一人。

姫閥と学園一三血姫——ひいては学園そのものを愚弄《ぐろう》したリリアだけ。

「抜きなさいリリア・レイン」

少女たちの一人が、斧《おの》型の神霊魔剣を突き出し、リリアに戦闘態勢をとるよう促《うなが》す。

「……どうやら非武装の相手を一方的に攻撃するほど我を失っているわけではないようですね。その点は感心できますが——ということはこちらがこのまま武装しなければ、あなたたちは闘うことすらできずただ空回りしただけになりますね？」

「——っ、どこまでも愚弄して!!」

極限まで感情を逆撫《さかな》でしたリリアに、少女の一人が細剣型の神霊魔剣を振りかぶり——

次の瞬間、地面が爆《は》ぜた。

中庭の花壇が跡形もなく消し飛び、粉塵《ふんじん》が青い空に舞う。

それは少女の神霊魔剣が起こしたものではない。

なぜなら彼女は細剣を振り下ろそうとした体勢のままで止まっているからだ。

かといって、残りの少女たちや、いまだ神霊魔装をまとってすらいないリリアでも、もちろんユーベルでもない。

続けて音もなく一閃《いっせん》された魔法剣は、再び中庭の一部を大きく抉《えぐ》り——誰がそれを行っているのかをあらわにする。


「——そこまでです」


土煙の向こうできらめく銀髪。

透き通るような白い肢体《したい》を惜しげもなくあらわにする神霊魔装と裏腹に、その細い手の先に携えられた身の丈をはるかに超えた巨大な黒剣《ダインスレイヴ》は、禍々《まがまが》しさをどうしようもなくまき散らす。

まるでおとぎ話の妖精《ようせい》のように美しく、残酷《ざんこく》で、現実離れした光景に——不意にユーベルは彼女につけられた姫名が腑《ふ》に落ちた気がした。

「《慈悲無き破壊の妖精剣》……！」

周囲の誰かの呟《つぶや》きに、ティリは声のしたほうに顔を向け、

「――ひっ」

聞こえてきた悲鳴に、黙《だま》って目を閉じる。

そうして再び目を開くと、感情がすべて抜け落ちたような瞳《ひとみ》をリリアたちに向けた。

「学園内での許可のない私闘は、固く、禁じられています」

抑揚のない声。

ただ事実を確認するだけの言葉は、はっきりと少女たちを威圧した。

「……も……もちろんですわ」「ぞ、存じ上げて……います」「え……ええ」

「では、ただちに武装を解除してください」

お願い。

言葉の上でははっきりとわかっているはずなのに、少女たちは脅《おど》されているかのごとく震え上がり、武装時以上の素早さで制服姿へと戻る。

そうして彼女たちがなにか言おうと口を開いたそのとき。

「――なにを騒いでいらっしゃるの？」

蒼《あお》い巻き髪を揺らす少女が現れて。

「アディリシア様！」

三人の少女たちはすがりつくようにアディリシア・シュテファンエクトへと近寄り、眉《まゆ》根《ね》を寄せる彼女に口々に言う。

「い、いえいえ……アディリシア様がお気にされるようなことは……」

「え、ええ、ええ。なにもありませんわ……！」

「……中庭とはいえ往来。あまり一所に固まっていると邪魔になりますわ。移動なさい」

「は、はい……！」

少女たちはそのままティリが続ける言葉どころかリリアに嫌みや一瞥《いちべつ》をくれることもなく、足早に去って行く。

「………ふん」

最後にアディリシアが意味深な笑みをユーベルに向けて残したものの、気づけば少女たちだけでなく、それなりにいたはずの興味本位の野次馬《やじうま》たちさえも一人残らずいなくなっていた。

「おーいつの間に……」

そう呟いたユーベルに、武装を解除したティリは静かに言う。

「………巻き添えの危険性を考えて、だと思います。一応、いつも周りに被害が出ないようには、しているんですが……あぶないのも、確かですから」

うつむくティリは銀髪を揺らし、いつも以上に儚《はかな》げに見えて。

「助かりました、ティリ」

「いえ……どちらも、ケガをしなくて、よかったです。でも、あの」

「ええ。もうあのような――《慈悲無き破壊の妖精《ようせい》剣》に出張ってもらう形にはしません」

「……それは、よかったです」

無理矢理《むりやり》の、笑顔。

その、なにかを我慢しているような表情に。

「お兄様も……すみませんでした。いかにこの学園が姫閥中心主義か、実体験をもってお知らせしようと考えた末の行動だったのですが――お兄様？」

ユーベルはリリアを見ていなかった。

見ていたのは、ずっと強《こわ》ばった表情を浮かべ続けるティリだ。

まさしく魔法のように着やせする胸が普段より速く上下していることや、制服のスカートから伸びる病的に白く細い足にうっすら浮かぶ血管や、そのスカートの端をぎゅっと握りしめる手が震えていることで――

もう我慢の限界だった。

「――あーリリア。魔法剣姫が殴り合う学園なんだから、当然医療棟もあるよな？」

「……は？」

「あるだろ？」

「……それは、まあ……ここからですと来た道を戻って、中央学習棟を挟んで二棟向こうに……もしかしてお兄様どこかお怪我《けが》を？　それならリリアの魔法で――」

「それじゃ、たぶんダメっぽいな」

「………ダメっぽい？」

「さすがに二日連続はまずい気も……いやまあそれはティリも一緒か」

ぶつぶつと呟《つぶや》き、ガリガリと頭をかいたユーベルは、怪訝《けげん》そうにするリリアを見て、ため息一つ。

妹の肩をぽんと叩《たた》くと、

「悪いリリア――授業のほうは頼んだ」

「え？」

「……ご主――きゃっ」

一息でティリを抱えあげたユーベルは、問答無用でそのまま走り出した。

‡

医療棟に入ると同時にユーベルが行ったのは人払《ひとはら》いだった。

「第三学習棟で私闘があったみたいです。怪我人《けがにん》が数人出ているようでしたよー」

しれっとそんな嘘《うそ》をつき、ある程度の医療魔法士を出払《ではら》わせた上で、ユーベルは目的としていた人のいない個室を発見する。

石造りの壁に木製の棚。小さな簡易ベッドは年少者用なのだろう、やや古びていたがあまり使われていないらしく、まっさらな白いシーツが敷《し》かれていた。

「ま、そんなに長い時間はもたないだろうけどな」

そう呟《つぶや》いて、ベッドの上にティリを横たえる。

呆気《あっけ》にとられていたのか、あるいは聞いても無駄だと悟《さと》っていたのか、されるがままだったティリは、ベッドの上で観念したように目を閉じて。

「…………あ、あの……ご主人さま」

「あーさっきも言いかけてたけど、外でご主人さまはやめておいてくれ。──ってなんかお前顔赤いな？」

ベッドの上で自分を抱きしめるようにしたティリは、切なげな表情を浮かべていて。

「や……優しく…………して、くださぃ」

「──────は？」

「……ぁの、わ……わたしこういうのは、はじめて……で。ほ、本とかで……読んだことくらいはありますが……えと、ど、どうしたらいいかとかは──で、でもできるだけがんばりますから……！」

　ご主人さまのために――。

　そう、消え入りそうな声で続けたティリに。

「……あー……あーはいはい」

　ユーベルは顔を押さえて、ため息を吐《つ》く。

「まあ説明なくつれてきた俺にも非はあるな」

　そうしてティリの背中に手を回し、そっと起き上がらせると。

「……？　あの……」

「急にエロいことしたくなったわけじゃない。残念ながらな」

「え――じゃあ」

「待った」

　右手を突き出し、再度遮《さえぎ》る。

　そのままティリの腕をそっと引き、立たせると。

「ほい」

　軽く。

　まるで町で知り合いに会ったような軽さで――肩を押す。

　ユーベルがしたのはただそれだけのことなのに。

「――っ」

ティリが見せた反応は劇的だった。

露骨《ろこつ》に顔をしかめ、自分でも気づかないまま再びベッドに座り、寝転んでしまった。

一連の反応を冷静に見ていたユーベルは、一転して驚くような顔になるティリに淡々《たんたん》と告げる。

「これでも『どうしてこんなところに連れてきたんですか』って訊《き》くか？」

「――な、んで」

「なんで苦痛を我慢してるとわかったのか？　逆だろ。よく今まで気づかれなかったな」

薄く息を吐《は》き、指を一本ずつ倒しながら言う。

「発汗、動悸《どうき》の上昇、身体の強《こわ》ばり、意識の散逸《さんいつ》による応答の遅延……すべて過度の痛みに起因する反応だ。ティリが痛みを感じているのは間違いない。ではなにがそこまでの痛みを与えたのか。抉《えぐ》った土片が当たった？　反撃を受けていた？　見えない外敵からの攻撃？　――どれも違う。なにも受けていない。そりゃそうだ。攻撃することそのものが問題なんだからな」

一息。

ユーベルは目を見開いたティリに、立てたままの人差し指を突きつけた。

「答えは自分が魔法を使う度に激痛を感じるから――違うか？」

「――――！」

リリアも見逃していた。というより、誰も気づかなかったのだろう。

その魔法は既存のどの属性にも分類されない。純然たる破壊の概念を、無慈悲に無感動に振るう序列一位の怪物《慈悲無き破壊の妖精《ようせい》剣》。

そういうレッテルでしか、彼女を見ることができなかったから。

当たり前の観察を、分析を、思考を。

放棄してしまっていた。

「………いつから……気づいていたのですか」

「入学試験のときからに決まってるじゃん」

「……！　そんな」

「いやだから逆なんだって。一見して無駄な神霊魔装の解除、神霊魔装展開時の一瞬のためらい、魔法を放つ際の無意識の躊躇《ちゅうちょ》、罪悪感に交じった我慢の表情。魔法を使うどころか神霊魔装ですら痛みを伴《ともな》っているなんてことは一発でわかる」

「………それは、ユーベルが普通じゃないだけだと思います」

言ってしまってからはっとしたティリは、すぐに取り繕《つくろ》うように続ける。

「ご、ごめんなさい……普通じゃないなんて言って」

「いや割と言われ慣れてるな。主にリリアに」

今度こそ噴き出すように笑ったティリに、ユーベルは大げさに肩をすくめてみせる。

「まったくひどい言いぐさだよな。俺がこうなのはちょっと普通じゃない育ちが原因で、リリアだって同じ環境にあったはずなのに」

「……いえ、わたしから見ても普通じゃないのはユーベルだけだと思います」

ティリはまた少し笑って。

「…………うまく、隠せているつもりでした」

訥々《とつとつ》と、語る。

「ユーベルの言ったとおり……力を使う度に、反動があるんです」

「しばらくはふらつくほどに、か」

「……なんでもお見通しなんですね」

「なんでもじゃないな。そういう状態だとわかってるのに、積極的に力を使おうとする理由がわからない」

「積極的になんて――」

「使ってるじゃん。さっきみたいな仲裁、『いつも周りに被害が出ないように』やってるんだろ？」

「…………本当に、すごいです」

ユーベルからすれば、ティリのほうがよっぽどすごいが、おそらくそれを言っても伝わらない。

　だから代わりに訊《き》いた。

「なにがお前を動かしてる?」

　それは端的な疑問。

　ユーベル自身がティリに、ティリという人間自体を観察した上で疑問に思ったこと。

　その率直な問いに、ティリは少しだけ間をとって。

「――人が争っているのを見るのが、つらいんです」

「つらい?」

「はい。自分が当事者なら、平気です。相手を傷つけないで闘いを終わらせるのは慣れていますから。……でも、人と人の争いは違います。すごい大けがをしてしまうこともありますし、場合によっては――死んでしまうこともあります」

　ぎゅっと拳《こぶし》を握ったティリに、ユーベルは彼女が本当にそのことを嫌がっているのだとわかった。

「……ようするに、ティリはすべての闘いを仲裁したいと思ってるわけね」

「そこまでのことは…………思ってないって、言えませんね」

　えへ、と力なく笑う彼女に、ユーベルは笑い返せない。

　その思考に、思想に。

ただ驚嘆《きょうたん》する。

「すごく運がいいことに、わたしには力がありました。力があるおかげで争いを仲裁することができます。自分が痛い分には平気ですし力があるからと期待されるのも嬉《うれ》しいです」

だから力を振るう。

他人の争いに首を突っ込み、仲裁する。

嫌われても。畏《おそ》れられても。

「――痛いのだってつらいはずだろ」

無意識に、ユーベルは口を開いていた。

「他人が傷つくのが嫌なのは、傷つく痛みを知っているから。自分が痛い思いをして、そんな思いをしてほしくないから、止めるんだよな？　だったら――自分が痛いのだってつらいに決まってる」

早口で言うユーベルに、ティリは少し驚くような顔をしてから、困ったように笑って。

「……………そんなことはないですけど……でもユーベルみたいに魔法を使わないで闘うことができたら――素敵ですね」

そんな答え方をされたら――

なにを、すればいいかわかって、しまう。

「――は」

ユーベルは笑う。笑う。

どこまでも偽悪的に。

突然笑い出したユーベルに、ティリが不安そうに声をかけてきて——

「ユ、ユーベル……？」

「しくじったなティリ」

ユーベルはそんな彼女に顔を寄せて囁《ささや》く。

「そんな答えを聞いたら、俺は否《いや》が応《おう》でも邪魔したくなる」

「……ユーベル？」

「ティリ。残念ながらユーベル・グランなんて人間は本当は存在しない」

今にもくっくっくと笑い出しそうな顔で、ユーベルはティリの顎《あご》を上にあげ、告げる。

「本当に存在するのは——ユーベルリィン・ディス・グランレインという人間だけだ」

「……グラン、レインって——」

「お前の父親に滅ぼされた、グランディスレイン王国第十一王位継承者だよ」

「————っ！」

「そんな人間が〝魔王〟の子供しかいない学園に入学したんだ。わかるだろ？　ソルブラッドは神霊魔剣という力でこの世界を支配した。——その力による支配をぶっ壊す」

神霊魔剣という力による支配。

――鼻で笑い飛ばせる。

そして。

「その上で、そこに俺のハーレムを築きあげる！」

「ハー……え？」

いつぞやの誰かそっくりの反応を目の当たりにして、ユーベルはいっそう大きく笑み。

「さて。そんな俺の目の前にいる人間は今でこそ序列最下位だが、間違いなく学園最強の力を持っている。まさに魔法剣姫の、力の支配の象徴だ。いずれは我が野望に立ちはだかることになるだろう」

「……そんなことは――」

「だから」

無理矢理《むりやり》遮《さえぎ》って。

「その力を危惧《きぐ》する俺としては、勝者と敗者という関係、力の代償という秘密……弱みを握っている人間として枷《かせ》をかけなければならない」

芝居がかった仕草。

「つまるところようするに――」

まるで舞台演劇の役者のように大げさな動きの果てに――

突然現実に戻ってきたかのごとく、静かに告げた。

「俺がお前の力を奪ってやるよ」

四章　誓約と願い

「お兄様……ああお兄様……」

部屋に戻ったユーベルたちが目にしたのは衝撃的すぎる光景だった。

「お兄様……んむぅ……くんくん……ぁあ」

——端的に言うと。

ユーベルのシャツを素肌に着て、ユーベルのネクタイを締めた妹が、ユーベルのベッドに寝転がり、ユーベルの枕《まくら》に顔を埋めつつ、ユーベルの寝具を抱きしめていた。

「はぁはぁ……愛していますお兄様……お兄様ぁ」

いまだユーベルたちの帰宅に気づいていないらしく、甘えたような声を出し続けるリリアは、徐々にヒートアップしていき、

「リリアは……リリアはぁ……んっ……あっ……あぁっ」

下着しか身につけていない下腹部をユーベルの寝具に押しつけて——

「やめんか変態」

「——ふにゃっ」

叩《たた》かれた頭頂部をさすりつつ、枕から顔をあげたリリアは、正面からどん引きしている

ユーベルとティリに向き合い。

まばたきを一度。

「——おかえりなさいませ、お兄様。それにティリ」

平然とそう言ってのけてきて。

「…………ただいま変態」

「変態とはあんまりですお兄様。リリアはただお兄様の匂いがたっぷりとしみこんだ寝具を使って、来るべきお兄様との愛の契りに向けた練習をしていただけで——」

「顔、赤いからな？」

「——望むところです」

どうしよう。いよいようちの妹おかしい。

思わず深々とため息を吐《つ》いたユーベルは、所在なげに後ろに控えていたティリに気づいて、気を取り直す。

そうして、リリアと別行動をとったあとに起きたことを話した上で言った。

「——というわけで、『姫結いの契り』のやり方を教えてくれ」

そう結んだユーベルに、リリアは驚きに目を見開いて。

「……それはつまりお兄様が姫閥を作るつもりになったと解釈してよろしいですか？」

「不本意ながら」

「――素晴らしいです。ティリぐっじょぶとしか言いようがありません」

「……あ、あの……どういうことなのですが？」

「その質問への答えはひとまず置いておいて」

一人戸惑ったままのティリの問いをひとまず保留し、リリアは表向きまったく表情を動かさないまま言う。

「リリアたちがグランディスレインの王族、その生き残りであることは真実です。リリアはリリアリシエ・ディエス・グランレインといいます。あらためてよろしくお願いします」

「――リ、リリアも……」

「お父さまに伝えますか？」

「…………………い、いえ」

「ティリならそう言ってくれると思っていました」

「ま、今さら王族の生き残りがいましたって言っても〝魔王〟様は痛くもかゆくもないだろうしな」

「わかりませんよ。旧グランディスレイン王国の貴族を結集して反旗を翻《ひるがえ》すかもとか考える可能性が――」

「その貴族の子供たちが全員ソルブラッドの血を受けているのに、か？」

「……そういえばそうでしたね。むしろそのソルブラッドの血を受けた子供たち――この学園の生徒たちに知られることのほうが怖いですね」

「まあ血を受けたどころか直系のティリを前に話すことじゃないけどな」

と言って再びティリを見たところで、小動物のように萎縮《いしゅく》した彼女は、どうしたらいいのかわからず戸惑っているようで。

そんなティリの肩に優しく手を置き、

「ティリ。お兄様の言うとおりにしておけば大丈夫です。間違いありません。お兄様がすべてです」

「……とか、わけのわからないこと言ってるリリアは無視していいが、俺がしようとしていることは、必ずしもティリの希望に添うものとは限らないから」

「え……」

「言っただろ力を奪うって。厳密には神霊魔剣を使わせないって意味だが、当然これまでのように学園内で起きる諍《いさか》いに無理矢理《むりやり》力で解決って方法はとれなくなる。わかるよな？」

「…………はい」

「あくまで俺の目的のために、ティリの力を奪う。そしてその方法として姫閥を作る！」

「あの……それがわからないのですが……なぜわたしの力を奪うために姫閥を？」

「『姫結いの契り』でティリに神霊魔剣を使わないと誓ってもらうためじゃないですか？」

——そう。従者となる生徒は主となる姫に誓いを立てることで入閥を許される。その契約魔法を利用するわけだ。

「元学園一三血姫《じゅうさんけつき》、それも序列一位の最強魔法剣姫の所属する姫閥であれば、他の生徒たちもおいそれと手は出せません。つまり存在そのものが争いの抑止力となるような姫閥です。ティリ、あなたの普段の行動にも合致するのでしょう?」

「あ——」

思わずユーベルを見たティリに、当のユーベルは苦々しい顔をしていた。

「おいリリア……」

「何度も言いますが、リリアが考えているのは常にお兄様のことだけです。お兄様が偽悪的に振る舞われる意味も意義も理解していますが、それとは別にリリアもリリアの目的のために動きます」

「……ほんとよくできた妹だよお前は」

「お褒《ほ》めに与《あずか》り光栄です。頭撫で撫でしてください」

いろいろと諦《あきら》めて言われたとおりリリアの頭を撫でると、リリアはくすぐったそうに目を細める。

そういうときだけ素直なリリアにため息を吐き、ユーベルはティリに向かって言《つ》う。

「まあそういう面もなくもないってだけで、元々姫閥を作るって選択肢はあったし、そこにティリの元序列一位って点を利用させてもらうってのも事実だから」

「お兄様がティリの代わりをするから、もうこれ以上ティリが傷つく必要はないということです」

「いちいち意訳しないでくれる……？」

ユーベルが顔を覆《おお》い、ティリがくすりと笑う。

「ユーベルは……優しいのですね」

「そう言われるのが嫌だからやめてほしかったんだけどなー」

はー……と長く息を吐《は》いて、ユーベルはリリアを見る。

「で、『姫結いの契り』は具体的にどうすればいい？」

「その前に確認させてください」

リリアはユーベルに背を向け、ティリと正面から向き合って尋ねた。

「ティリはそれでいいんですね？」

ここまでの流れでティリの意思決定を確認することは一切なかった。

それはユーベルが意図的にその機会を奪っていたというのもあるし、ティリが反対することはないだろうという目論見《もくろみ》もあったわけだが――それ以上に。

「お兄様はティリが断っても無理矢理《むりやり》結ぶと偽悪的に言って、ティリの心理的負担の軽減を図るのでしょうが……これだけははっきりと意思決定を見せてください。――本当にいいんですね？」

「リリア――」

ユーベルの声にも振り返らない。

まっすぐ見つめ続けるリリアに、ティリはユーベルを見てなぜか顔を赤くし、ほんの少し逡巡《しゅんじゅん》する素振りを見せてから。

「――はい」

小さく、うなずいた。

その微妙に違和感のあるリアクションに、ユーベルは首を傾《かし》げる。

『姫閥』を作る際に主従関係の魔法的契約を成立させる儀式、『姫結いの契り』。

存在自体はユーベルももちろん知っていたが、具体的な方法については聞いていない。

魔力のない男のユーベルが知ってどうにかなるものでもないし、いざそれをする段になった際にはリリアに全面協力を頼むつもりだったからだ。

極力無駄なことはしない……そう思ったゆえの判断だったが、ティリの反応を見るとそれが正しいものだったのかわからなくなってくる。

もちろん、自らの力を預けるというのは大きな決心を必要とすることだ。

ユーベルはこれまでの観察を通して、ティリはさほどそこにこだわりを見せないと予測していた。多少の戸惑いはあっても、力そのものを管理されることに忌避《きひ》感はない。事実、ここまでの反応はすべてその想定の範囲内だったのだが。

……顔を赤くする？　それもこの表情は——明らかに恥ずかしがっている。

なぜ恥ずかしがるなんていう反応が——と考えはじめたところで。

「では、服を脱いでください」

リリアが当然のようにそう言いだし。

「…………はい」

言われたとおりに、ティリが服を脱ぎはじめた。

「——ん？」

ブレザーを脱ぎ、ブラウスのボタンを一つずつ外し、スカートを落とすと、白の下着、奇跡的に着やせする見事な胸、透き通るような白い肌、細い太ももがあらわになる。

呆気《あっけ》にとられたまま、思わずじっくり見つめるユーベルに、ティリは恥ずかしそうに身をよじらせた。

「ぁ……あの……あまり……見られると……」

「……ああ……すまん」

か細い声にユーベルがようやく視線を外すと、いつの間にか神霊魔装をまとっていたリリアが淡々《たんたん》と尋ねた。

「ティリの刻印は全身に現れるそうですが、もっとも強く発現する場所はどこですか？」

「…………えと、この辺りで」

「右乳房の下……ここです？」

「ひゃぅっ……あの、あの……ぁっ」

「むー、何度見ても立派なものを……しかもすごく柔らかい……というのはともかく。刻印がかかっています。下着も邪魔ですね。外します」

「えぇぇ⁉　──はぅっ」

ついに上半身は完全に裸になってしまったらしいティリに、さすがのユーベルも空気を読んだ。

「んじゃ準備できるまで俺は外で」

「いえ主になるお兄様がここにいないと意味がないです。むしろ本来なら邪魔になるのはリリアです」

「ふーん……ところでリリア。ちょっと俺の目見ろ」

「はい。──お兄様がお疑いになるのもわかりますが、本当にこれが正しい『姫結いの契り』の方法ですよ」

そう口にする妹の目は、確かに嘘《うそ》をついているときの反応を示していなくて。

「むしろ契約者は刻印を露出させる必要があるので、両方全裸が一番手っ取り早いです。ティリもやり方はわかっているようですが、さすがにティリと全裸で二人きりにするのは忍びないので。──というわけでお兄様、こちらを見てください」

と、言われても。

ものすごく恥ずかしがっている、しかも上半身裸、下半身は下着のみという女の子を正面から堂々と見ていろというのはなかなかにしんどいものがある。

いやもちろん見たい。見たいに決まっている。ティリが一生懸命押さえているあふれんばかりの胸——たまらん！

……と、ふざけた文脈ならいくらでも見られるが、あくまで真剣な儀式の一環で、というのが妙な気を呼び起こさせて。

「ご……ご主人さま……あの、わたしは……き、気にしてないですから」

——嘘じゃん。めっちゃ嘘じゃん。

声を震わせるくらい恥ずかしいのに、気丈に振る舞ってるとか——最高にそそるじゃん。

思わず嗜虐《しぎゃく》的に笑ってしまいそうになって、どうにかその気持ちを抑え込む。

……やはりこの状況は、あまり長引かせたくない。

無性に全身を掻《か》きむしりたくなる感覚。

完全に制御できているはずの感情を無理矢理《むりやり》揺り動かされる据《す》わりの悪さ。

考えれば考えるほど深みにハマる気がして、ユーベルは無心を意識しながら前を向いた。

美しい——銀髪の少女がいた。

陶器のように白く、危うささえ感じる細さなのに、しっかりと女性らしいラインを描く肉体。

ぐっと唇を噛《か》み、少しうつむきがちだが、しっかりとこちらを見つめている瞳《ひとみ》。

恥ずかしさだけでなく緊張のせいにも見える、ほんのりと上気した頬《ほお》。

すでに何度か裸は見ているが、ここまでじっくりと見たことがないせいか、邪《よこしま》な想《おも》いより、その美しさに目を奪われたユーベルに。

「お兄様。ティリの右乳房に口づけしてください」

「……ああ――あ？　今なんて言った？」

「ティリの右おっぱいにちゅーしてくださいって言いました」

「よーしわかったまかせろ――ってちょっと待て」

思わずその場所を見て、形のいい乳房に口づけする自分を想像し、その上でティリの死にそうなほど恥ずかしそうな顔に気づいて。

「……一応もう一回訊《き》いておきたいんだけど、本当にみんなこんなのいちいちやってんの？」

「やってますよ。まあ本来は――」

と言って自らの左太ももの刻印を手でなぞったリリアはその指先にほのかな光をまとう。

「このように自らの魔力で相手の魔力刻印に触れればいいだけなんですが、お兄様は外部に発現する魔力がないですから、より直接的な体液で代用する形になります」

「あー体液……体液な」

「まあお兄様もご存じだと思いますが、一番いいのは精——むぐ」

「うんそれ以上言わなくていい」

右手でリリアの口をふさいだものの、具体的な単語を聞くと否応なくそのことを想像し
てしまう。

ユーベルというより、ティリが。

お預けをくった状態のティリは、このまま放置しておけば爆発するんじゃないかと思う
ほど顔を赤くしていて——どうしようもなくイジめたくなる欲求が顔を出しかける。

「……わかった」

抱きかけた欲動を無理矢理振り払う。

「では、口づけをされたらティリは直接言葉にしてお兄に誓約をしてください。誓約の
内容は——そうですね、お兄様に絶対服従で」

「……わ……わかりました」

「いやそこはわかるな。力だけって言ってるじゃん」

「いえいえお兄様はティリを使用人にしました。使用人は主人に服従するのが当然です」

「だからそれは……あーもういい、とにかくやろうぜ」

「ヤろうぜとか男らしくて素敵——」

リリアの言葉を無視して、ユーベルはティリの腰に手を当てる。

「――っ」

びくっとするティリに手を放しそうになって、それ以上に滑《なめ》らかな肌の感触と心地よい体温に、この感覚をずっと味わっていたいという欲望に駆られる。

――止まるな止まるな。

時間をかければかけるほど、肌の白さや柔らかそうな二つの膨らみ、脇から腰に至る女性らしい曲線、白いショーツと細い太ももに意識を奪われるし、なによりそのことを理解したティリを大変な目に遭わせたくなる。

(じっくり見たいけど見ない見ない)

無理矢理《むりやり》視線を戻し、まっすぐ見下ろす。

なぜかこちらを見上げていたティリの、潤んだ琥珀色《こはくいろ》の瞳《ひとみ》。

ゆっくりと目を閉じた彼女は、まるで口づけを待っているかのようで。

(まあ実際に待ってるんだけどな……)

心の中で自分に突っ込みを入れたユーベルは、うっかりするとすぐに攻めたくなる気持ちを抑え、大きな胸の膨らみ、その右乳房の下に浮かび上がる刻印に、顔を近づけて――

口づけをする。

「んっ……」

艶《つや》めいた声を漏らしたティリに、離れようとして。

「まだです。契約の光が確認できません」

リリアの言葉に踏みとどまる。

そのまま唇をつけ続けるが、契約の光とやらは一向に発現しない。

「うーんやっぱり唾液《だえき》程度だと弱いみたいですね。仕方ありません、お兄様ティリのおっぱいを舐《な》めてください」

「!?　!?」

「体液は量が多いほうがいいですし、従者の魔力も興奮状態のほうがより発露《はつろ》します」

さあ早くと言わんばかりのリリアに。

ユーベルは口をつけたまま乳房に舌を這《は》わせた。

「ぁ――っ……ぁんっ……っ、……ふ……くぅん」

ティリが自分の口を押さえ、身もだえしたくなる肉体や漏れてしまう声を必死に耐えているのがわかって、ユーベルはめちゃくちゃにしたくなる欲求と闘いながらなんでもいいから早く光れと心から祈り――

唇の先に熱を感じると共に、うっすらと淡い光が灯《とも》った。

「今ですティリ。誓いを立ててください」

リリアの促《うなが》しに。

「わ……我——んっ、ティリ・レス……ベルは……ぁっ、ユーベルリィン、……ディス・グラン……レインの、許可無くっ……ぁ……魔法は、使わず……ユ、ユーベルに、絶対服従します——！」

喘《あえ》ぎ声にまみれた宣言。

こんなの有効なのかと思うユーベルと裏腹に、光は徐々に強くなっていき、ある一点を超えると急速に収束した。

「はい、これでおしまいです」

ぱん、と手を叩《たた》き、制服姿に戻ってあっさりそう言ったリリアに、ユーベルは唇を離す。

同時にティリは限界とばかりにその場にへたり込んだ。

「おわかりですか。お兄様が口づけた場所だけ、他の刻印と色が変わっているでしょう？」

他の刻印が淡い白なのに対し、その部分だけ赤い。

確かに契約が結ばれた証《あかし》をじっと見ていると、ティリが顔を真っ赤にして胸を隠したがっているのがわかって、ユーベルは目を逸《そ》らした。

「あー……なんていうか……悪かったな」

「い……いえ……こ、こちらこそ……です」

そそくさと服を着るティリがまたとてつもなく加虐心《かぎやくしん》を煽《あお》ってきて――ユーベルは気持ちを落ち着けるために天井を見上げる。

とにもかくにも、契約は完了した。

これでティリは許可無く力を使うことはできない――。

緊張から解き放たれ、弛緩《しかん》した空気は。

「さて」

そう言いながら、パサリとスカートを落としたリリアによって跡形もなく破壊される。

「……おーいリリア」

スラリと長い足を晒《さら》したリリアに、ユーベルはめんどくさい空気をびんびんに感じながら突っ込んだ。

「なんで脱いだ？」

「もちろんお兄様に『姫結いの契り』を結んでもらうためですけれど」

なにがおかしいのかと言いたげに首を傾《かし》げるリリアにユーベルは頭を抱えたくなる。

確かにリリアの刻印は左太ももの付け根にあり、スカートを穿《は》いたままでは露出されない部分ではあるが――

「まずリリアと『姫結いの契り』を結ぶ必要がないよな……？」

ユーベルが『姫結いの契り』を結んだのはティリの力を抑えるためで、結果として姫閥を作ったことになっただけ。

　もちろんどんな形であれいずれはその規模を大きくするつもりだが、今である必要はないし、なにより最初からユーベルに従っているリリアが姫閥に所属する理由がない。だが。

「いえそういう話ではなく。そもそもお兄様が作った派閥にリリアが入らないとかありえると思いますか？」

「──だよなー」

　リリアならそう言うに決まっている。

　その答えは、十年前にすでに出したものなのだから。

「わーかったよ」

　長くため息を吐《つ》いたユーベルが観念したように言うと、リリアはニヤリと口元を歪《ゆが》ませ、ユーベルの手を引いて自分のベッドに引き寄せる。

「では神聖な儀式を始めましょう……二人きりで」

「……二人きり？　別にティリがいても──」

「いえいえ。ティリのときリリアがいたのは二人きりではうまくいかないと思ったからです。けれど、一度『姫結いの契り』を結んだお兄様とリリアならなんら問題はありません。──というわけで申し訳ないですがティリはしばらく席を外していてください」

「……え」

ティリの戸惑いもそのままに、リリアは楚々《そそ》とベッドに座り、刻印のあるほうの左膝《ひざ》はそのままに、右膝を立てる。

スカートも穿《は》かずにそんな姿勢をとれば、当然ショーツが強調され――

「さあお兄様。ティリとの行為でお兄様の男性な欲望が爆発寸前でしょう……？　どうぞ遠慮なくリリアにぶつけてきてください♡」

「……っ、なるほどな……リリアお前最初からそれが目的で――」

「ふふふ……強固な理性が邪魔であるのなら、それ以上に欲望を刺激すればいいのです」

確かにティリとの一件でユーベルは普段であれば理性の向こう側に沈めている性的な欲動を刺激されており、事実としてすでに何度も見たはずのリリアの下着姿にもいつも以上の色気を感じてしまっている。

……いや。

そもそもリリア自身は身びいき抜きに、文句なしの美少女なのだ。

その美少女が。

普段であれば全裸かそれに近い姿をしているのに、今日は制服を着たまま、下だけショーツという、ただの裸や下着姿よりもはるかに扇情的《せんじょうてき》な格好で誘ってきている。

白い太ももと太もものあいだにある、両端をリボンで結んだ紐状《ひもじょう》の真っ赤なショーツが、普段より明らかに凝った作りだということにまで気づいてしまって――。

「お兄様……リリアの準備はもうできています……」

蠱惑的《こわくてき》な、声。

長い金髪をかきあげたリリアは、唇に右手の小指を当て、左手ですすすと刻印を指さし。

「ここに——口づけしてください」

妹であるはずの少女の指示に、ユーベルはなにか不思議な力に引き寄せられるかのように顔を寄せていく。

「ぁん……」

華奢《きゃしゃ》な太ももに手を当てて、
両膝《ひざ》を大胆にMの字に開かせ、左足の付け根に描かれた薄黄色い刻印に唇を——


「だ——だめです!!」


大きな声。

それが珍しくもティリの張り上げたものだと知って、ユーベルが振り返ろうとした瞬間。

「ダメです」

リリアの開かれていた足が閉じられ、ユーベルは両太ももに顔を挟まれる。

「む——ぐ」

そのまま無理矢理《むりやり》刻印にキスさせられる形になり――

「あ」

ティリのときよりはるかに早く、刻印が淡く光を放った。

「…………むぅ、せっかく契約そっちのけでお兄様と結ばれようと思ったのに。これでは口実が」

「……!?」

「こうなってしまっては仕方ありませんね……では――我、リリアリシエ・ディエス・グランレインは、ユーベルリィン・ディス・グランレインに永遠の愛を捧《ささ》げ続けることを誓います」

「――重いわ！」

突っ込みながらユーベルが口を離したにもかかわらず、ティリのとき同様、光は強さを増してから収束していく。

光の収まった後、リリアの左太ももの刻印はしっかりと紅《あか》く染まっていた。

「……残念ながら『姫結いの契り』はこれでおしまいです」

はあ、といかにもがっかりしたようにため息を吐《つ》きながらベッドを降りたリリアが、なにごともなかったかのようにスカートを穿《は》き、

「ところで――ティリ。ダメというのはなんのことでしょう。リリアは席を外してほしい

と言ったはずですが」

するりとティリに言葉を向ける。

「あ……ご、ごめん……なさい」

ばつが悪そうにうつむくティリに、リリアは首を傾《かし》げ、腕を組む。

「とりあえず理由を聞きましょうか」

「…………えと、あの……」

そのまま指先をいじいじし始めたティリは、しばらくその作業を続けた後に、言った。

「…………わからない、です。なんで声をあげてしまったのか…………ご、ごめんなさい」

再度頭を下げ、心底申し訳なさそうにするティリを見て、リリアは大きく一度うなずく。

「ふむ——まあお兄様を取られるような気がしたのかもしれませんね。お兄様は超絶素晴らしいのでその気持ちはよくわかりますが、独占しようとしてはダメですよ」

指を一本立て、

「え……え……」

「お兄様の素晴らしさは共有しなければなりません。あとこれは一番大事なことですが——お兄様の一番はリリアですから」

最後の言葉だけ凄《すご》みのある声で言ったリリアに、ティリが気圧《けお》されたように黙《だま》りこむ。

二人のやりとりを半《なか》ば傍観していたユーベルはそこで大きくため息を吐《つ》き、

「ティリ。リリアの言うことは真に受けないでいい」

　ふりふりと手を振って言う。

「とりあえず、これでティリは神霊魔法を使えなくなったからな」

「……は、はい。そのための契約ですね……」

　ティリはユーベルの許可無く魔法は使えず、ついでにユーベルに絶対服従し、リリアはユーベルに永遠の愛を捧《ささ》げる。

　そしてその代わりに、ユーベルは彼女たち二人を構成メンバーとする姫閥の主となった。

　その証《あかし》が、あの紅《あか》く光る刻印——。

「いえ。ユーベルお兄様には魔力がないので、契約にあまり意味はありませんよ」

　そう言ってあっさり手を横に振るリリアに、ティリが目を剥《む》く。

「——え⁉　で、では、やる必要がなかったのでは……？」

「それもまたいいえです」

　淡々《たんたん》と今度は首を横に振ったリリアの代わりに、ユーベルがその先を続ける。

「リリアの魔法を有効にするために『姫結いの契り』自体はやる必要があったからな」

「……リリアの魔法のため？」

「ええ。別にリリアは趣味で神霊魔装をまとっていたわけじゃありませんよ？　というか、お兄様の入学試験のときにも使ったものですが」

薄く笑うリリアは、左手を出して言う。

「実際にやってみるのが早いですね。試しに魔法を使ってみてください」

促《うなが》された通り、魔法を使用しようとしたティリは、

「……！」

何度試みても神霊魔剣どころか神霊魔装にすら変われないことに驚愕《きょうがく》する。

息の吸い方はわかっているのに、それで取り込まれる空気の活用法がわからないような、奇妙な感覚。

確かにティリがユーベルと闘ったときに感じたのと同じもの。

けれど。

「あ、あのリリアの魔法は雷属性の治癒魔法特性……それも自己治癒能力の強化だったのでは……？」

「あら。ご存知《ぞんじ》でしたか」

「……えと……ランクA以上でも治癒魔法自体はよく見ますが、自己治癒能力強化というのは珍しい魔法だったので……でも――」

「虚偽ではありません。事実リリア自身もそういう魔法だと思っていましたから」

そう言ってリリアはユーベルを見る。

ユーベルは仕方なさそうに息を一度ついてから、淡々《たんたん》と語る。

「ティリも言っていた通り、リリアの魔法は治癒魔法じゃなく自己治癒能力を強化する魔法だ。一般的な治癒魔法が治癒魔法の行使者による外部からの修復であるのに対して、リリアの場合治癒魔法をかけられた人間の自己治癒能力を強化して内部からの修復を促す。つまり、その修復の促し……肉体への暗示こそがリリアの魔法——神霊魔剣《フィクタオービス》の本質ってことになる」

「……暗、示……？」

「たとえば……そうだな、ここにある俺が魔法で作ったこのフォーク。実は食べ物を刺すためにあるわけじゃない。投げてみればわかるが——よっ」

ユーベルが投げた瞬間、フォークは跡形もなく消えた。

「……!?　き、消えた!?」

「こっちのスプーンも同じ。——はっ」

「——」

「見ての通り、俺は物質消失魔法が使える。ただし、自分で作った道具限定でな。スプーンもフォークもそのためのものだったわけだ」

「そ……そうだったのですか……！」

「いや、嘘」

「え————え!?」

「お兄様は魔法を使えませんよ。この通り魔力がないんですから。大前提です」

「………あ」

「実際にはナイフもスプーンも市販品だし、消えたように見えたのは投げるフリをして、袖口《そで》にフォークを落としただけ。ほら」

そう言って、平然とフォークとスプーンを袖口から取り出してみせるユーベルに、ティリは言葉をなくす。

「今、ティリは俺が嘘《うそ》だと言うまで、『俺が物質消失魔法を使うことができる』と思い込んだよな？　もっと言えば、少なくともスプーンとフォークは俺が自作したものだと信じて疑わなかった。嘘だと言わなければ、ティリは俺が魔法を使える前提で行動していたわけだ。――それが暗示だよ」

ユーベルは取り出したフォークとスプーンを手の中でくるくると回しながら言う。

「今のは簡単な詐術による暗示だが、リリアはそれを相手の自己治癒能力強化――自己暗示強化という魔法で行う。言ってみれば自己強化魔法ならぬ、自己教化魔法だな」

ふっと息を抜くように笑ってから続ける。

「もちろん暗示は相手によって、条件によってかかりぐあいが全然違う。たとえばさっきの暗示もティリの中に『ユーベルは予想もつかないことをしてくる』という前提条件があったからうまくいった。そしてその前提条件は入学試験ですでに構築してたってわけ」

「あ――」

確かにティリは入学試験での対ユーベル戦から、ユーベルがティリの想像を超えてくることを当然のものとしていた。

それも――暗示だ。

「そして、さっき種明かししたが、あの対戦でティリがぎりぎりのところで魔法を使えなかったのは、リリアが事前に『得体の知れないものには魔法を使えなくなる』という暗示魔法をかけていたからな」

だからユーベルは得体の知れないものとなるべく、異法使いであるかのような虚言を吐《は》き、二度触れれば勝てるなどという不可解な前提の下に、ただティリに触るという奇想天外な行動をとった。

「まあ想像はつくと思いますが、聞いているほど便利な魔法ではありません。普通の暗示同様厳しい前提条件をクリアしなければ効かない上、暗示だとわかってしまえば自力で解くこともできます。だから――」

「ご主人さまの使い方がうまいのですね……」

その通りとばかりにうなずいたリリアは、胸に手を当て。

「お兄様に使われてこそのリリアというわけです」

「誇らしげに言うことじゃないけどな」

ユーベルは呆《あき》れたように頭に手を当て、ティリが大きく目を見開いていることに気づく。

「ふ、二人とも——すごいです……!!」

心から感動しているように目をきらきらさせるティリに、ユーベルはふっと息を抜くように笑った。

「……そこで怒るでも悔しがるでも悲しむでもなく、感心するところがティリのすごいところだな」

暗示魔法だなんて、学園の生徒たち——たとえばアディリシアのような人間であれば、激怒していてもおかしくない。

なんという邪道だ、学園に所属する者として断じて捨て置けない——と。

元来、神霊魔法剣士のあいだにはそういった格式が存在するのだ。

ティリはそういうものを受け入れ、素晴らしいと賞賛《しょうさん》することができる素直さを持っている——。

「とりあえずティリに知っておいてもらいたいのは、これでリリアの魔法は打ち止めだということです」

「……え？」

「一度誰かに暗示魔法をかけたら、それがとけるまで別の人には使えませんから」

「え……え！」

「魔法の性質上、刻印に宿した雷の神霊そのものを相手に憑依《ひょうい》させる必要があるんです。そうすると本体の神霊が不在になりますから、通常の魔法のほとんどが使えなくなります。治癒魔法なんかもそうですね」

「そ、そんな大事な魔法を――」

「それだけの価値はあるんだよ。なんせティリの魔法は強力だからな。何度も言ってるけど絶対に邪魔になる」

真剣に言うユーベルに、リリアがすかさず付け加える。

「意訳すると、もうティリに傷ついてほしくない、ティリが大事だということです」

「……だからリリア」

「そもそもリリアたちの出自とか誰にも言うつもりのなかった超秘密ですしね。それを明かした時点でティリをものすごく信用していることは言うまでもありません。お兄様にとってティリはそれだけの存在になったということですね」

なんということもなくそう言ったリリアに、ティリは目を見開く。

「なんですかお兄様」

「もういいわ……」

ふりふりと手を振ったユーベルに、ティリは感極まった表情を浮かべて、ぐっとなにかを堪《こら》えるようにうつむく。

「…………………ずるい、です」

湿った声。

「いいことは一日、一つで、いいのに……」

再び顔をあげたティリは、潤んだ瞳《ひとみ》を細めて。

「こんなの――一つじゃ足りません」

涙を浮かべたまま笑った。

‡

翌朝。

トン……トン……ガン……トン……ガチっとぎこちない音に目を覚ましたユーベルは。

「あ……お、おはようございます」

キッチンで調理用ナイフ片手に慌てたように言うティリに、頭をガリガリとかきながらまだはっきりとあかない目を細める。

「ん……朝食作ってんの？　朝夕の食事は俺が作るって言ってなかったっけ？」

「いえ……あの……きょ、今日はたまたま早く目が覚めてしまったので……わたしが作って、作らせて……も、もらおうかなと……」

たどたどしく言うティリは、次第に声を小さくしながらもごもごと続ける。

「えと……その、わ、わたしは、ご主人さまの使用人、ですし……」

「んー……使用人？　ああ……そうだったそうだった」

ユーベルはベッドから降り、あくびを噛《か》み殺《ころ》しながらキッチンへと入る。

調理台の上には、皮の剥《む》かれていないジャガイモの破片がいくつか転がっており、よくよく見るまでもなく流し台には他の野菜の残骸《ざんがい》があふれていた。

「……ティリさー、今まで料理したことある？」

「…………ない、です」

「だよなー。……んー、気持ちはありがたいが、今回は——」

とそこではじめてティリを正面からまともに見て。

「任せろ——ってなんつー格好してんだお前！」

「——ひゃぃっ」

いきなり突っ込まれ、びくりと身体を震わせたティリが着ているのは、ユーベルのものらしきぶかぶかのシャツ一枚、そしてなぜか頭に可愛《かわい》らしい犬耳カチューシャ。

白いシャツの向こう側には、可愛らしいフリルのついたブラジャーがしっかり確認できる上、パンツに至っては角度によってはほぼ丸見えで、ただでさえ扇情的《せんじょうてき》なティリの肉体をいっそう刺激的に見せている。

ティリも自分の格好が恥ずかしいものだという自覚はあるのか、もじもじと身をよじらせながら犬耳を押さえて。

「……あ、あの……これはリリアが……」

「あー……いや……それはわかってる」

以前リリアがしていたのと同じような格好だ。当然リリアが絡んでいるに決まっている。

決まっているが——常日頃から従順な子犬を思わせるティリが、犬耳をつけて、恥じらいつつもちょっと困った表情で上目遣いにこちらを見つめているというのは——。

「ご主人さま……？」

小首を傾《かし》げ、どうしたのかと尋ねてくるティリに、ユーベルは右手を突き出して。

「ちょっと待て……ちょっと、タンマ」

あの儀式以降、少しばかりそちら側の沸点が低くなっている気がする。

ユーベルは煩悩《ぼんのう》が振り払《はら》われるのを待ってから、あらためてティリに向き直った。

「……で、その諸悪《リリア》の根源はどうした？」

「あ、はい……リリアは朝の日課に行く、と」

「やるだけやって放置か」

リリアには入学以来続けている日課がある。

簡単に言えば朝の散策で、少なくとも生徒や講師からすればそのようにしか見えない。

そのことを外部にいたユーベルがなぜ知っているかと言えば、他ならぬユーベルがそれを命じたからだ。

リリアの暗示魔法を使用するにあたって、必要になるのは事前の準備。

より正確に言えば対象とする相手、その周囲にあるものの情報だ。その中には当然学園自体——旧グランディスレイン城も入る。

広大な学園の敷地を把握し、そこに起きている、あるいは起きるであろうことを予測できるよう情報を収集する。

リリアはユーベルが入学して以降もその日課をきっちりこなしていた。

「基本的には真面目《まじめ》なんだけどなー」

ユーベルが絡むとおかしくなるだけで。

ともあれ、日課に行ったとあれば仕方ない。ユーベルはティリに制服に着替えるよう言い、そのあいだに朝食の準備を替わる。

無残な破片となったジャガイモの皮を調理用ナイフで丁寧に剥《む》いていき、なにに使おうとしたのか甚《はなは》だ謎《なぞ》な野菜の残骸《ざんがい》を鍋に放り込み、水を張って火にかける。

そうして、買いだめてあったパンを焼こうとしたところで、ティリがまだキッチンの入り口で立っていることに気づいた。

食い入るようにこちらを見ている彼女が、料理の手順を覚えようとしているのだと気づいて、ユーベルは内心で苦笑しながら試すように言った。

「なーに物欲しそうな顔してんだよ」

「……あ、あ、ご、ごめんなさ――」

「こっちで少しやってみるか？」

「――え…………い、いいのですか？」

そう言って嬉《うれ》しそうにキッチンに入ろうとしたティリに、ユーベルは左手を突き出して。

「その前に――着替えような」

‡

料理どころかナイフすら持ったことのないティリとの朝食の準備は至難を極めた。

ユーベルが一人で料理をしたほうがはるかに楽だし早かっただろう。

だが、指を切り火傷《やけど》をし鍋を吹きこぼしても、決して諦《あきら》めず、一生懸命にこちらの言うことを聞き、手順を覚えようとするティリに、ユーベルも根気よく料理を教え続けた。

そうして。

「よーし、完成」

野菜スープとジャーマンポテト、かりかりのパンと牛乳。スタンダードな朝食のメニューをテーブルに並べ終えると、ユーベルは隣でやり遂げた顔をするティリに話をふった。

「初料理の感想は？」

「――ご主人さまの手際が素晴らしかったです。魔法かと思いました……」

「だろー？　当然だけどなー。――いやそうじゃなく」

「………早くリリアに、食べてもらいたいです」

料理を作ったら、自分以外の誰かに食べてほしくなる。

自分がいつも感じているのと同じ感想に、ユーベルはティリの頭にぽんと手を置き、

「ん。俺もそう思う」

椅子《いす》を引いて腰を落ち着けると、ティリも遠慮がちに隣の椅子にちょこんと座った。

朝食の準備にいつもより時間がかかったとはいえ、まだ起床目安の鐘は鳴ったばかりだ。

登校時間まではだいぶ余裕がある。

普段ならすでにリリアは戻っているが、今日は奥にまで歩を進めているのかもしれない。

「……あ、あの……ご主人さまに、料理のことで質問があるのですが」

「んーなに？」

「え、ええと、野菜スープの、火にかける時間なのですが――」

と、手持ちぶさたの時間でティリの質問に答えていると。

登校時間の鐘が鳴った。

カーンカーンという規則正しい鐘の音が妙に不気味に聞こえる。

「………帰ってこない、ですね」

不安げに呟《つぶや》いたティリに、ユーベルはいかにも呆《あき》れたように言った。

「だなー。せっかくのティリ手製料理も冷めちまった」

「い、いえ、わたしなんて全然……ほとんどご主人さまが……」

「んー？　さっき早くリリアに食べてほしいって言ってたよな？」

「それは……」

「リリアも朝食がティリの初料理だって知ってればすぐ帰ってきてくると思うんだけどなー。……いや待て、あいつのことだからそこまで見越して時間をかけてる可能性もあるな」

「……！　リリアなら考えていそうです」

「まあ想定より早く終わってるけどな。――しゃーない、ちょっと見てくるか」

ユーベルは立ち上がり、エプロンを外しながら、扉へと向かう。

「え……い、今からですか？」

「あんまり遅いと授業に遅れるし。仲の良い友人とでも話し込んでるのかもな」

「な、なるほど……」

うなずくティリに行ってくると軽く手を振りながら、ユーベルは部屋の外に出て思う。

そんなわけがない。

リリアは学園に入学した理由をきちんと理解している。情報収集手段として友人を作っていたとしても、そこには明確な線引きをしているはずだ。

当然意図的に心配をかけるようなことはしないし、理由なく帰る時間を遅らせもしない。

以上のことから判断するに――リリアはトラブルに巻き込まれた可能性が高い。

だからこそティリには別のもっともらしい理由をでっちあげ、自然と部屋で待機する流れを作ったのだが。

「……なんらかのトラブル、ね」

思わず口に出し、笑う。

すでにどんなトラブルか予測がついているのに、なんらかもくそもない。

そうして寮を出たユーベルは、立ちふさがる少女たちの姿に、その予測を確信に変える。


「――ごきげんようユーベル・グラン」

「少々お時間を割いていただけますかしら？」

「ええ、ええ。リリア・レインについてのことですの――」


見覚えのある三人の少女たちが、ユーベルに笑いかけてきた。

五章　一三血姫《じゅうさんけつき》

意識を取り戻したリリアが最初に思ったのは、背後から何者かに襲《おそ》われたことでも、その何者かに意識を奪われ連れ去られたことでもなく、広い部屋だ、ということだった。

後ろ手に縛られ、床に転がされている状況だから、というのもあるかもしれないが、それにしても天井が高い。

昔――まだリリアがリリアリシエと名乗っていた頃に、母に手を引かれ参加したパーティー。そのパーティーでも開けそうな空間だ。

しかし裏を返せばそれしかない。

いや――よく見れば、部屋の隅に申し訳程度にベッドが置かれ、小さな机と椅子《いす》、簡素なワードローブらしきものもあるが。

「学園一三血姫専用ルーム――元《慈悲無き破壊の妖精剣《ようせい》》の部屋だそうですわ」

頭上から降り落ちてきた声に、リリアは忌々《いまいま》しそうに呟《つぶや》く。

「……訊《き》いてもいないのに答えるなんて、つくづくお節介が好きですね。アディリシア・

シュテファンエクト」

「最上級ランクの人間として、当然のことをしているにすぎませんわ。リリア・レイン」

ひょい、とこちらの顔を見下ろす巻き髪の少女は、明らかに勝ち誇った表情を浮かべていて、リリアの目を細めさせる。

「その最上級ランクの人間は、規則破りも平気でするわけですか。ご大層なことですね」

「……規則を先に破ったのはそちらでしょう？」

冷たくそう返したアディリシアは、すぐにまた余裕に満ちた表情に戻って。

「それに発覚しなければ破りようがないですわ。ここはそのために最適な場所ですし」

学園一三血姫《じゅうさんけつき》になれば、Sランク以下の生徒にない特典のようなものが得られる。

Sランク以下の生徒がすべて寮住まいであるのに対して、学園一三血姫のみ専用の部屋を与えられるのもその一つだ。

専用ルームは通常その姫閥のメンバーが集まるサロンのような場所になるのだが、寮監《りょうかん》が存在しない――学園の法が働かないという特性を生かした利用法は多岐に亘《わた》る。そう――気に入らない人間を魔法で攻撃して意識を奪い、秘密裏に拉致《らち》して連れ込むことも。

「……詭弁《きべん》を弄《ろう》すようになったらおしまいですね」

「詭弁が得意なのはどなたでしたかしら？　自己批判とは殊勝なことですわね」

「シュテファンエクト家も語るに落ちましたね。元名門が聞いて呆《あき》れます」

「──口を慎みなさい。家の侮辱は許しませんわ」

一転して鋭く言うアディリシアに、肩をすくめてみせたリリアは、心の中だけで思う。

──リリアとしたことが痛恨のミスですね。

この一年、ユーベルを学園に迎えるため、リリアは最善の注意を払《はら》って行動してきた。

他人から受ける好意も悪意も余計なしがらみになりうる。

だから、リリアはそのどちらも受けないよう、できる限り生徒や講師とつかず離れずの距離をとっていた。

とっていたつもりだったのだが。

「……あなたが悪いんですわよ。先に卑怯《ひきょう》な手を使ったあなたが」

「なんのことを言っているのか──さっぱりわかりません」

「本当に……つくづくあなたとは話が合いませんわ」

「気が合いますね。リリアもまったく同じことを思っていました」

彼女──アディリシア・シュテファンエクトとだけは、どうしても衝突してしまうのだ。

もはやなにがきっかけだったかはわからないが、とりあえず彼女がおせっかいで、そのおせっかいが狙《ねら》っているとしか思えないほど決定的にこちらの邪魔になり続けたのだけは覚えている。

とはいえ。

「正直前々からこの貧乳うっとうしいことこの上ないとは思っていましたが、今回ばかりは本当に心の底から見損ないました」

「さりげなくわたくしの身体の一部を無駄に非難するのやめてくださる……っ？」

「まさか拉致《らち》監禁なんて品性のかけらもない行動を起こすとは——胸同様知性も貧弱だったみたいですね」

「だから胸は関係ないでしょ!?」

と拳《こぶし》を握りしめて突っ込んでから、不意に力なくその拳を開き、

「……仕方のないことですわ。わたくしだってこんな……」

「なんですか？　今さら罪悪感に苛《さいな》まれたとでも？」

「——っ、罪悪感に苛まれるべきはあなたでしょう……！」

「……リリアが？」

「……ふん。せいぜいシラを切り通していればいいですわ。すぐに——あら」

視線をあげたアディリシアは、ノックと共に開かれた扉に目を細め、

「役者が揃《そろ》いましたわね」

部屋の入り口に立つ少年——ユーベル・グランを見て、冷たく笑った。

‡

「ようこそわたくしの城へ。……と言ってもまだ私物はなにも運んでいないのですけれど」

「みたいだな。この部屋からはあんたの匂いがしない」

「にお……っ!? へ、変態！」

「ははは馬鹿だなー男なんてだいたいみんな変態だぜ？ ま、俺が今言った匂いってのはその人間の生活している気配とか癖みたいなもののことだけどな。ちなみにリリアもかなりそこら辺に敏感だ」

そう軽く言いながら話を振ると。

「……申し訳ありませんお兄様。足を引っぱってしまいました」

床に転がされたままだというのに、目が合うと同時に謝ってきたリリアに、ユーベルは安心するより先に苦笑する。

「……いつものリリアなら『お兄様に助けてもらえるシチュエーションも悪くないですね』くらいは言いそうだけどな」

「………申し訳ないです」

表情を変えず、ただ謝り続ける妹に、ユーベルはかりかりと頭をかく。

「殊勝なリリアは調子が狂うなー……」

一年前までのリリアはまさにそうだったというのに。

「こちらとしては好都合ですわ」

ふん、と鼻で笑って、アディリシアは巻き髪をかきあげる。

「リリア・レインの軽口にはつくづく閉口していましたから。これからあなたたちの犯した罪を断罪するにあたって余計なことで神経をすり減らしたくないですもの」

「拉致《らち》監禁しておいてさらに断罪ねーそりゃずいぶんとご機嫌じゃん。——学園一三血姫《じゅうさんけつき》っていうのはそういう行為も許されてるわけ？」

「ええ許されていますわね。——もっとも、そこに義がなければただの逸脱行為だとわたくしは思っていますけれど」

「ああ、今まさにあんたがしてることだ」

即座にそう返したユーベルに、アディリシアはまさにその言葉を待っていたとばかりにこちらをにらみ返す。

「いいえ。義に則《のっと》った行為だと自負しています。なぜなら——わたくしはあなたたちの秘密を知ってしまいましたから」

ユーベルたちの秘密。

その決定的なフレーズに、ユーベルは口を閉ざさざるをえない。

　そうしてその反応こそが確たる証拠だと言わんばかりに、アディリシアは勝ち誇った表情を浮かべ、室内をゆっくりと歩く。

「わたくしにとって、リリア・レインは忌々《いまいま》しい存在でしたわ。自己治癒強化魔法という戦闘に向かない神霊魔法の使い手でありながら、あっという間にランクAにまで辿《たど》り着く優秀さ。その優秀さには……まあ、このわたくしも、一目置かざるをえないというか……あ、も、もちろんランクSとしての義務感からですわよ？」

「ようするに気になっていたと」

　歯切れの悪いアディリシアにユーベルが補足を入れる。

「ふ、ふん、そうともいいますわね……ですからリリア・レインの態度には余計に苛立《いらだ》ちましたわ」

「あー……ものすごく素っ気なかったとか？」

「逆ですわ。人当たりは非常によかった……人当たりだけは！」

　なにか思い出したらしく、拳《こぶし》を握りしめたアディリシアが今でも腹が立つと言わんばかりに熱を込めて語る。

「話しかけられればきちんと対応するくせに、芯の部分では決して人を寄せつけない。わたくしが食事に誘っても、勉強会に誘っても、姫閥を勧めても、全部断る！」

　私怨《しえん》っぽかった。

そこで一転して冷静になったらしいアディリシアは、こほんと咳払《せきばら》いをして言う。

「自分一人の力で高レベルに達した魔法剣姫は、皆ある一定の水準で足踏みをします。そこから先へ進むために必要なのは外部からの刺激ですわ。そのために姫閥というシステムがあるのです。ただ徒党を組んでいるわけでも、外の権力機構を真似《まね》ているだけでもありませんわ。それなのに――」

「……だからそういうのが余計なお世話だというんです」

ぼそりと呟《つぶや》いたリリアに、ユーベルも続く。

「確かにリリアの勝手な気もするけどなー。誰に迷惑をかけているわけでもないし」

「かけていますわ。この学園全体に」

アディリシアは断言して、じっとリリアを見つめる。

「言ったでしょう、上位者は、下位の者に対して責任を持つ義務があると。リリア・レインという姫閥に所属しない強者の前例があることで、下位の者もその道を歩もうとし、その者の成長の妨げとなる可能性がある。つまりあなたのその態度は明白に下位の者に悪影響を及ぼしますわ」

鋭い刃《やいば》で突き刺すような言葉に、リリアは身じろぎ一つしなかった。

返す言葉もないのか、あるいは取るに足らない言葉だと無視を決め込んでいるのか。

「いずれにせよ――それだけのことで断罪っていうのは大げさなんじゃないの？」

軽く返したユーベルに、アディリシアも当然だとばかりに大きくうなずく。

「ええ。もちろんその程度のことで学園一三血姫《じゅうさんけつき》の特権を使うほど愚かではないつもりですわ」

「だったら」

「だから」

歩みを止めたアディリシアは、まっすぐユーベルを見て。

「わたくしが断罪するのはあなたたち二人——ユーベル・グランの不正入学にリリア・レインが荷担していた件についてですわ」

その決定的事実を、告げる。

「ずっと疑問でしたの。神霊魔法も使えない殿方が、どうやって《慈悲無き破壊の妖精《ようせい》剣》を倒したのか。もちろん、わたくしもあなたが詭弁《きべん》を弄《ろう》して追い込んでいく様子は見ていましたわ。彼女が肝心のところで魔法を使えなかったところまでしっかりとね」

「…………」

「黙《だま》ったままですけれど、あなたは当然こう言うつもりなのでしょう。それがなぜリリア・レインの荷担、ひいては不正入学へとつながるのか？　残念ながらその答えもわたくしはすでに用意していますわ。すなわちリリア・レインの魔法がその現象を引き起こしたのです、と！」

びしっと、リリアを指さし、アディリシアは勝ち誇った表情を浮かべる。

その表情がカンにさわるように、リリアが口を開いた。

「……それはまたずいぶんと凝った妄想——」

「ええ、昨日まではただの妄想と断じることもできましたわね。他ならぬリリア・レイン自身が己の力の秘密を話すまでは」

「……っ」

なぜアディリシアがここまで自信に満ちた語り口を貫けたのか。彼女が嫌っていた強権を振るうという手段に訴《うった》えたのか。その答えらしきものを知って、リリアは歯噛《はが》みする。

確かに昨夜、リリアはティリに向かって自らの神霊魔剣《フィクタオービス》の仕組みを語った。ユーベルが止めなかったため問題ないと判断したが、寮の中、部屋の中のことだ。誰にも聞かれていない——などと言いきれるわけがない。

ここは魔法剣姫しかいない魔法学園だ。ぱっと思い浮かべただけでも、いくつかの生徒の神霊魔剣がその用途に足りることがわかる。

彼女たちがリリアを捕捉しようとする理由などない。少なくともリリアには思い当たらない。だが、思い当たらないというだけで、能力が使われないと断定することもできない。

現実にリリアの秘密はアディリシアに知られたのだから——

「なるほど、あんたがなにを勘違いしているのかよーくわかった」

「はあ？　勘違いですって？　言うに事欠いてとんだ――」

「で、それは誰の入れ知恵なわけ？」

「…………え？」

表情を凍らせたアディリシアに。

決定的なリアクションを見せた《弱点をあらわにした》相手に、ユーベルは軽薄に笑ってみせる。

「どうした？　ティリが肝心なところで魔法を使わなかったのではなく使えなかった……その理由はリリアの力のせいだと言えばいいと――誰に助言されたのかって訊いてるんだけど」

ユーベルのその言葉は、アディリシアの目を大きく見開かせる。

「な……なにをおっしゃっていますの……わたくしが誰かの助言を受けたなどと……」

明確にうろたえるアディリシアに、ユーベルはさも当然のように続ける。

「誰の助言も受けずに気づけたというなら、なぜあんたはその場ですぐに指摘しなかった？　リリアの力の秘密にせよ、ティリに対する力の行使にせよ、もっとも効果的なのは即座の指摘だよな。時間が経《た》てば経つほど言い逃れる理由は増えてくのに」

「そ……それは、後から」

「そう、後から気づいた――なにがきっかけで？　まさか自分で考えてなんて馬鹿なことは言わないよなー。――いや別に言ってもいいぜ？　その場合どういう思考の過程を経てその結論に至ったのか語れないという仕方で矛盾を指摘するだけだし」

つらつらと。

思考を先回りした上で、綺麗《きれい》に封鎖していくユーベルに、アディリシアは目の前に見えない壁でも立ちはだかっているかのごとく一歩後ずさって。

その後ずさった分だけ、ユーベルは歩を進める。

「そもそもあんたが昨日の俺たちの様子を監視していたのなら、もっと別のことに食いついてなきゃおかしい。そこを指摘できてない時点で第三者から吹き込まれてるなんてのは確定してんだよ」

「――――」

あっという間に。

攻めるべき立場と守るべき立場が逆転して。

「どうした？　別に他人からの入れ知恵を受け入れたっていいだろ？　自分の目で見て確認していない情報でも信じていい。少なくとも図星を突かれたくらいで、あんたは――シュテファンエクトは自分の信念を曲げる人間じゃないよな」

その言葉は。

ユーベルの想定を超えて彼女の表情を激変させた。

「――くだらない。くだらないくだらないくだらない！」

叩《たた》きつけるように繰り返したアディリシアは、だん、と一度大きく足を踏みならして、苛立《いらだ》たしそうに髪をかきあげる。

「ああ――戯《ざ》れ言《ごと》ばかり口にするリリア・レインが心を許している相手だけはありますわね。力の伴《ともな》わない口先ばかりの言葉ばかり！　わたくしの指摘したことが事実であるだなんて、たった一度の行動で証明できると言うのに！」

「……あくまで自分の指摘なわけだ」

皮肉げに呟《つぶや》いたユーベルを無視して、アディリシアは右手をばっと広げる。

「なぜわたくしが学園一三血姫専用ルーム《法の届かないこの場所》に連れてきたのかおわかりになって？　――いいえ答える必要はないですわ。これが答えなのだから！」

そう言って魔力を爆発させたアディリシアは、瞬《まばた》きする間に水の神霊――ウンディーネを思わせる蒼《あお》の神霊魔装へと変わり、

「降り落ちなさい――《シュテファンエクト》！」

声と共に伸ばしたままの右手に水流が溢《あふ》れ、瞬く間に美しい長槍《ちょうそう》の形へと具現化される。

アディリシアは、くるくると流麗《りゅうれい》に長槍を両手で回すと、刃先をこちらに突きつけ、

「リリア・レインの力など関係ない。独力で入学試験をクリアできたというのなら――今ここで証明してみせなさいユーベル・グラン！　このわたくし――アディリシア・シュテファンエクト相手に勝利するという形で！」

まっすぐに突き進んできた。

‡

（結局こうなったかー）

完全に火のついたアディリシアの鋭い突きと、追撃とばかりに放たれた水流魔法を紙一重でかわしながら、ユーベルが思ったのはその一言だった。

学園内でもっともリリアに関わっていた少女アディリシア・シュテファンエクトについて、ユーベルは十二分に理解しているつもりだった。

その理解に基づいた上でなお、この展開を避けられないか考えていたのだが――アディリシアの家に対するこだわりは想定を超えて強いものだったらしい。

「さあこの状況もご自慢の口八丁で打開してみてはいかが⁉ ……もっともわたくしがあなたの言葉に耳を傾けるかどうかは別の話ですけれど！」

声高らかにそんな言葉を投げながら、《シュテファンエクト》による斬撃《ざんげき》を連続で繰り出してくるアディリシアは、思った以上に動けた。

通常、魔法剣姫は『剣士』という肩書きとは裏腹に、運動能力は一般人以下ということが少なくない。

これは神霊魔剣が木材や金属でできた文字通りの武器ではなく、魔法現象を行使する神霊そのものに近いことに起因する。

神霊魔剣は換言すれば魔力の固まりにすぎず、それ自体で斬《き》っても基本的には意味がない。むしろその莫大《ばくだい》な魔力の固まりを使って起こす強力な魔法現象に真意があり、その魔法現象を高めるためにはひたすら魔力を操る精神を鍛えることになる。

その努力は思考や考察、あるいは瞑想《めいそう》や集中という形に他ならず、肉体的な鍛錬とは異なったものとなることがほとんどだ。

ようするに魔法剣姫は剣士ではなく魔法使いであり、アディリシアのように剣士さながらの動きをする者は珍しい。

彼女の神霊魔剣《シュテファンエクト》も、アディリシア自身や対象としているユーベルの動きに合わせるようにして、放つ水流のみならず長槍《ちょうそう》の形状を微妙に変え続けている。

繊細で複雑な動きを可能とする、非常に技術力の高い魔力操作。

「なるほど――学園一三血姫《じゅうさんけつき》っていうのは伊達《だて》じゃないな」

ティリが倒されたことでなし崩《くず》しに列された新参学園一三血姫と侮《あなど》ることはできない。

ユーベルさえいなければ《慈悲無き破壊の妖精剣《ようせい》》にも勝てた――そう豪語するだけの力は確かにあった。

「あなたのような力を持たない人間に評価されても嬉《うれ》しくありませんわ！」

言いながら十字に剣閃《けんせん》を放ったアディリシアは、無理な体勢でどうにか回避したユーベルに舌打ちをしそうになる。

「ちょこまかとうっとうしい……！」

アディリシアの予想通り、ユーベル・グランはまるで魔法を使えず、こちら側の攻撃をただ避《よ》け続けるだけだった。

もちろんただ避け続けるだけというのは優れた身体能力を示すものではある。

だが、どこまでいってもそれは魔法ではない。偶然と運でどうにか耐え続けているだけだ。いつ水流に捉《とら》えられてもおかしくない。

――ユーベル・グランが使えるのは話術とハッタリだけ。それさえ注意すればこの学園に入ることとさえできなかった。

「そのとおりじゃないですの……っ」

独りごちたアディリシアは、苛立《いらだ》ちと共に水流を放つ速度をあげていく。

ユーベルの指摘したとおり、アディリシアは自ら彼らの秘密に気づいたわけではない。

あの日、定例ランク戦で学園序列一位《慈悲無き破壊の妖精剣》を倒すことだけを考えていたアディリシアは、自らの出番が訪れる直前でその機会を奪われた。

――入学試験の相手に序列一位を指定する？

どんな愚かな思考をすればそんな結論に至るのか、直接問い詰めたい欲求をどうにか抑えていたアディリシアは、すぐに予想だにしない現実に直面した。

学園創立以来、序列一位の座に座り続け、最強不敗とされた魔法剣姫《慈悲無き破壊の妖精剣《ようせいけん》》ティリ・レス・ベル。

その彼女が――たった一度の魔法を使われることすらなく、無様に敗れたのだ。

目の前でその光景が繰り広げられていたにもかかわらず、アディリシアはその事実をにわかには受け入れられなかった。

神霊魔剣どころか神霊魔法すら使えず、では異法使いかと言われればそんなこともない、文字通りただの男。

その男に、大陸統一のシンボルたる魔法剣姫、その学園最強の少女を倒された――アディリシアでなくともその現実を受け入れるには時間がかかったに違いない。

ユーベルがティリを倒したことで序列一四位だったアディリシアが繰り上がりで学園一三血姫《じゆうさんけつき》になれた、そんな事実はどうでもいい。

否――そのような形で手に入れた地位など屈辱以外のなにものでもない……！

徐々に異端の男に対する強い怒りを覚えていったアディリシアは、その彼がよりにもよってリリア・レインと行動を共にしていると知って。

強く、心をかき乱された。

自分でも理由がわからず――裏切られたと感じた。

失望と憤り。

二つの感情に支配されたアディリシアに。

――いーこと教えてあげちゃおっか。


そう言って、『彼女』は接触してきた。

「無実を証明するのでしょう!?　逃げてばかりではなにも変わらなくってよ、ユーベル・グラン！」

長槍《ちょうそう》を持つ手とは逆の手に、二つの水球を作ったアディリシアは、無造作にそれを中空に浮かせると、自らを中心に周回するように動かす。

水球は徐々に回転する速度を上昇させ、その軌跡が水流の帯のように変わっていき、彼女の構える長槍へと巻きついていく。

強大な魔力の固まりと化した長槍の穂先を突きつけながら、アディリシアは最後通牒《つうちょう》のように冷たく告げる。

「それとも――認めるのかしら？　ユーベル・グランは、リリア・レインの力なくしては《慈悲無き破壊の妖精剣》のみならず、魔法剣姫に勝つどころか闘うこともできないと！」

それは事実の確認。

すでにユーベル・グランとリリア・レインの共謀を『彼女』に聞かされているアディリシアからすれば、新たな発見などない。驚くべき言葉もない。わかりきっていた結論を耳にするだけ――。

「本当に……あなたは愚かですね」


その小さな声は、アディリシアの背後から聞こえてきて。

振り返りもせずにアディリシアは答える。

「――床に転がされたまま、戯《ざ》れ言《ごと》でこちらの気を引くぐらいしかできないあなたほどではありませんわリリア・レイン」

「そうですね。この程度で気を引かれるからあなたは抜けているんですすアディリシア・シュテファンエクト」

瞬間、再び意識を前面のユーベル・グランへと集中させたアディリシアは――彼がなにもしていないことに拍子抜けする。

ただのハッタリ――？

「……あなたはそれなりのプライドを持った魔法剣姫だと思っていましたけれど、どうやらわたくしの買いかぶりだったようですわね」

ため息と共にそう続けると、

「そんなものいくらでも買いかぶっていればいいと思いますが、一度自由を奪ったらそのままだと思い込む盲目ぶりは改善したほうがいいでしょうね」

いつの間にか拘束を脱し、当然のように横を素通りしていくリリアに。

目を見開く。

「——な!?」

——ユーベルはただ動いていただけではなく、リリアを逃がそうとしていた……!?

思うと同時に反射的に振るった長槍《ちょうそう》は、そうくるのを読み切っていたように円月輪《えんげつりん》型神霊魔剣《フィクタオービス》によって防がれる。

そのまま即座に距離をとって、迎撃用の魔法を錬《ね》ったアディリシアに、リリアはなにもしなかった。

「……慌てなくても、わたしはなにもしません。そんな必要はありませんから」

そう言って、リリアが見つめた先。

いつの間にか開かれていたドアの前にいたのは、長い銀髪を広げる少女。

「《慈悲無き破壊の妖精《ようせい》剣》……!」

無表情に立つティリ・レス・ベルの姿に、アディリシアは驚愕《きょうがく》と共にその身が沸き立つのを感じる。

「ふ……ふふふ、なるほど援軍の到着を待っていたというわけですわね。その不誠実な態度には呆《あき》れを禁じえませんが、自らの力不足を正面から受け止め、補おうと考える姿勢自体は評価してさしあげますわ。なによりこの場でなら《慈悲無き破壊の妖精剣《ようせい》》とも闘うことが――」

「ば――!?」

「馬鹿ですかあなた」

「ティリの力を借りるなんて本末転倒なこと、お兄様がするわけないでしょう。それに言ったはずです、そんな必要はないと」

そうして彼女が見るのは、一連のあいだ顔を覆《おお》うようにしてうなだれていたユーベルだ。

「……は――……やっぱこうなんのね」

なにかを諦《あきら》め、すべてを受け入れるように首を横に振ったユーベルに、アディリシアは矛先をティリへと向ける。

「ティリ・レス・ベル！　あなたがここへ来たのはこのわたくしと闘うためでしょう!?」

槍《やり》先を突きつけられ、明白に躊躇《ちゆうちよ》するようにしてから、ティリは小さく首を横に振る。

「……ち……違います」

そうしてユーベルをうかがい見て。

「……わたしは……ご主人さまの使用人――従者ですから」

「従……者？」

「昨晩の様子を知っているのなら当然把握しているはずですが――ティリは、そしてリリアもお兄様を主とした姫閥に入ったと言っているのです」

言いながらリリアはスカートをたくし上げ、左太ももの刻印をあらわにする。

その赤く染まった刻印を見て、アディリシアはよろめいた。

「こ――ここまで愚かだとは……思いませんでしたわ」

顔をうつむかせ、肩を震わせる彼女は、低く呟《つぶや》く。

「それとも……これはわたくしに対する当てつけなのかしら」

「自意識過剰ですね。あなたのことなど微塵《みじん》も考えませんでした」

「――――っ」

「はい待った待った」

激情を魔力の奔流《ほんりゅう》という形で表しかけたアディリシアを制すように、ユーベルは両手を突き出しながら長く息を吐《は》く。

「わかった、認める」

「…………認める？」

「入学試験でリリアの魔法を使用したことを認めるって言ってんだよ」

ガリガリと頭をかき、いかにもめんどくさそうに言い切ったユーベルに、アディリシアは一瞬前までの激情を収めて、口元に勝利の笑みを浮かべる。

「――み、認めるのですね？　リリア・レインの魔法がなければ入学試験をクリアできなかったと！」

「いや？」

「……は？」

「リリアの魔法を使って――正確に言うと事前に使用して楽に入学試験をクリアしたのは確かだけど、使わなければ倒せなかったってことはないなー」

「な、この期に及んで……！」

「逆に訊《き》きたいんだけどさ、リリアの手助けがあって倒したという事実から、リリアの手助けがなければ倒せなかったって事実は帰結すんの？」

淡々《たんたん》と。

あくまでただ事実を指摘するだけのユーベルに、アディリシアは不可解な寒気を感じて。

「あ、ああそういうことですのね、今回もそうやってわたくしの気を引いて、その隙《すき》にリリア・レインの――」

「リリアは関係ねーよ。リリアの魔法はそれがなんであるか理解している人間には効かないし。そもそも俺には神霊魔剣はおろか、神霊魔法なんていうくだらないもの自体必要ない」

「くだらない……!?」

声を震わせるアディリシアではなく、リリアに目配せすると、それだけですべてを察したように彼女はティリの手をとって部屋の隅へと移動した。

完全に傍観の姿勢をとるリリアたちに、アディリシアは混乱する。

――意味がわからない。

先ほどまでの小手調べで、ユーベルが魔法どころか魔力すらないことは明白だ。

そんな人間相手に学園一三血姫《じゅうさんけつき》が本気を出したら、一瞬も保《も》たない。

結末がわかりきっているどころの話ではないのだ。

それなのに――

「アディリシア。あんたは俺がリリアの手助けなんてなくても、神霊魔法なんてなくても入学試験をクリアできるだけの力があったとわかれば、納得するんだよな?」

まるで、自分のほうが試してやっているとでもいうかのように。

投げやりに――言う。

「だったら――納得させてやるよ。強引にな」

瞬間。

アディリシアは抑えていた魔力をすべて解放した。

「――後悔なさい!!」

言葉と共に逆巻く水流を、練り上げた水球を、鋭く尖《とが》らせた水刃を——いっせいに放つ。

もう、どうなろうと知ったことか。

下位者に、それも魔力のかけらもない、口だけが達者な男に、アディリシアどころか神霊魔剣自体を侮蔑《ぶべつ》されて、放置できるほどアディリシアの気は長くない。

アディリシア・シュテファンエクトの全力は、ユーベルただ一人を押しつぶすためだけに向けられ——


そのすべてをユーベルは防ぎきった。

幾重《いくえ》もの水流を卓抜《たくばつ》した体捌《たいさば》きでかわし、追尾する水球を流れるように脱ぎ捨てた制服のブレザーでいなし、刺し穿《うが》たんと襲《おそ》い来る水刃を手で——いや手に持った短い刃物ですべて斬《き》り捨てる。

「————は？」

神霊魔法は使っていない。

神霊魔剣などとんでもない。

魔力が発露《はつろ》されていないのだ、それは絶対に間違いない。

彼が使ったのは身につけていた衣服と、ナイフらしき刃物という、およそ武器とは呼ぶことのできないものだけ。

呆気《あっけ》にとられたアディリシアは、目の前の現実を否定するために、得体の知れないモノを排除するために、再度《シュテファンエクト》を振るい――

「はい無駄」

水流は逆巻く前に、パンっという音と共にブレザーの一閃《いっせん》で消され、水球は練り上げる途中で蹴り飛ばされ、水刃は形作られる間もなくナイフでずたずたに斬り刻まれる。

いつの間にか長槍《ちょうそう》《シュテファンエクト》の間合いにまで入り込んでいたユーベルは、そうしてアディリシアが新たな魔法を練ろうとするのを遮《さえぎ》るようにブレザーを閃《ひらめ》かせ、水しぶきを飛ばす。

「な――ん、で」

「――なんで？　面白いこと言うな。神霊魔装に変化可能なほど魔力柔性の高い制服だぜ？　魔法を弾くくらいのことできないと思い込んでるほうがよっぽど不思議だろ」

そうして最接近した無能力者は、眼前で放たれた苦し紛れの水流魔法を読み切っていたように首を少し傾けるだけでかわすと、舞い踊るように流麗《りゅうれい》な動きでアディリシアを床に組み伏せ、その首元にナイフを当てる。

硬い床と、ひやりと冷たい金属のナイフ。

その、ナイフが――魔法具や聖遺物どころか、ただのテーブルナイフであったことに、アディリシアは目を見開き、驚愕《きょうがく》する。

「こん、な……もので、わたくしの神霊魔剣を――」

「朝食中だったしなー。もっとも――金属で棒状のものならスプーンでもフォークでも同じだけど」

「――――!!」

絶句するアディリシアを解放すると、彼女はつまらなさそうにナイフを手で弄《もてあそ》ぶユーベルに、心底わからないとばかりに言う。

「……なぜ、ですの……なぜそんな、神霊魔剣に匹敵する素晴らしい技術があるのに、リリア・レインの魔法を使うなどと――」

瞬間、ユーベルは冷たく目を細めて。

「こんなくだらないものが素晴らしい技術？」

吐《は》き捨てるように断じる。

「逆だろ。あんたが――この学園が、あるいはこの世界が信奉し、敬っている神霊魔剣とやらは、たかだかテーブルナイフ一本で覆される程度の暴力でしかないんだよ」

だから、こんなもので優劣を競う、あまつさえ力を試した上で入学を決めるなんて心底馬鹿らしい――。

そう思うだけに留め、ユーベルは意図して笑みを作ると、床にへたり込み、顔をうつむかせたままのアディリシアに言う。

「まあ……つまり、闘うのは常に人間。それらはあくまで人間に使われる道具にすぎないってことだ」

「道……具？」

「神霊魔剣は強力だよな。客観的な破壊力はナイフなんかとは比べるべくもない。だが、どれだけ優秀な神霊魔剣の使い手でも、勘所《かんどころ》を押さえた人間にはナイフ一本で負けうる。闘ってるのは神霊魔剣でもナイフでもなく、それを使う人間だからだ。結局のところ、それらは暴力という枠組みの一ジャンルにすぎない。それじゃ――世界は変えられない」

「世、界――？」

弱々しい声。すがるような眼差《まなざ》し。

ユーベルは片膝《かたひざ》をつくと、すべてを砕かれた少女とまっすぐ視線を合わせ、ゆっくりと――優しく、語りかける。

「ようするにあんたが目指してるのは、今ある神霊魔剣という暴力の枠組みの中での頂点でしかない。俺はその枠組み自体を壊したいんだ」

「…………」

――アディリシア。貴女《あなた》の代でシュテファンエクトに栄光を。

それは、はじまりの《一三血姫》《魔法剣姫の頂点》に一歩届かず、無念のまま早世した母の遺《のこ》した言葉。

母から受け継ぎ、家名を冠《かん》した神霊魔剣《シュテファンエクト》は、アディリシアにとって糧であり、枷《かせ》だった。

母はずっと《シュテファンエクト》の力不足を嘆《なげ》き、アディリシアには幼少の頃より魔力を高め、神霊魔剣の技術を向上させることにのみ心血を注ぐよう教育してきた。

最強の神霊魔剣を——という母の口癖のまま、否——そこに自身の意思も乗せて、アディリシアは学園に入ってからも血の滲《にじ》むような努力を続ける。

そうしてついに、学園一三血姫《じゅうさんけつき》という一つのゴールにさえ到達した彼女に。

彼は言う。

そんなものはたかだか暴力の枠組みの頂点でしかない、と。

あっさりと。けれど確かな重みをもって。

アディリシアの心に打たれた楔《くさび》を、引き抜き。

そうして、ぽっかりと空いた心に居座ったのは——

「……アディリシア・シュテファンエクト？」

「……」

「そこの貧乳」

「——ひゃいっ!?」

変な声をあげたアディリシアは、いつの間にかこちらの視界を遮《さえぎ》るように立っていたリリアに、座ったまま後ずさりする。

なぜか顔が熱くて、その理由にも簡単に思い至ってしまって――それを隠すために早口に言った。

「な――なんですのリリア・レインっ」

「貧乳には突っ込まないんですね……というのはともかく、こちらのセリフです。お兄様を見つめすぎでしょう」

「み――み、みみ見つめてなんてにゃいっ」

「……動揺しすぎですよ」

小さくため息を吐《つ》いたリリアは、

「お兄様が素晴らしいのは当然のことですし、この展開は予想どおりですが……よりにもよって姫閥外のハーレム要員第一号がアディリシア・シュテファンエクトですか」

ぼそりと呟《つぶや》いてから、仕方なさそうに続ける。

「で、あなたに一連のことを吹き込んだのは誰なんですか」

「…………え？」

「え？　じゃありません。お兄様がリリアの手助けで入学試験をクリアした、ただそれだけを吹き込んだ人間とは誰かと訊《き》いているんです」

「そ、それは……」

この後に及んで言いよどむアディリシアに、ユーベルは仕方ないとばかりに口を開く。

「アディリシア・シュテファンエクト。やや早口で挙措《きょそ》が素早く、常にしゃべる相手の目を見るあんたは、頭の回転が速いが断定的な思考をする傾向が強く、再考察や他者の否定的な意見を簡単には受け入れない。また髪をかきあげる癖があるが、他者に対して強い口調でしゃべるのと同様、相手に認めてほしいという欲求が人一倍強い人間の特徴だ。

そして承認欲求が高いにもかかわらず、他人に対して高圧的な振る舞いをし、自身より力のある相手にも臆《おく》さず、元名門出身であること、自身の肉体にも自負とプライドを持つあんたが、まったく認めてもいない他人からの話をあっさりと受け入れるとは考えがたい。つまり、その話には非常に説得力があったか、あるいはその話を持ってきた相手がよほど信用に足る人間だったということになる。

さっきも言ったように、前者の場合、即座の指摘——力の行使された現場を押さえる以上の客観的証拠は存在しない。したがってそれを現場で気づけなかったあんたにはどうがんばって伝えても劣化した証拠にしかならない。

であれば、後者——劣化した証拠でも信用せざるをえないだけの相手だったと推測できる。では、その相手とは誰か？　学園一三血姫《じゅうさんけつき》というこの学園で王のように振る舞える君が、信用せざるをえない相手とはどのような人物か」

つらつらと。

感情を交えず、ただ事実だけを連ねたような口調で、ユーベルは穏やかに言う。

「その先は――あんたの口から直接聞かせてほしいね」

どこまでも落ち着いた声音。

この学園で唯一神霊魔剣を使えず、誰よりも劣った存在であるはずの彼が口にした言葉に、アディリシアは驚愕《きょうがく》を通り越し、畏《おそ》れすら感じて尋ねる。

「あ――あなた……いったい――なんなんですの……？」

ユーベルは軽く肩をすくめ、おどけたように笑って。

「見たとおり、神霊魔剣どころか、神霊魔法すら使えない、口八丁で適当なことばかりしゃべる――ただの男だよ」

六章　真なる掌握者と新たなる勝者

——その部屋の主はずいぶんと長いあいだ不在のままだった。

現グランディスレイン魔法学園学園長室。

旧グランディスレイン王国、神霊魔法軍総司令部執務室だっただけはあり、天井の典麗《てんれい》な細工や白漆《しろうるし》の執務机、床一面に敷《し》かれた真っ赤な織敷物《おりしきもの》は見事なのだが、その中にファンシーなぬいぐるみや人形、異国のオモチャ、果ては人骨にしか見えないグロテスクな飾り物までところかまわず置かれていて、見る者に異様な印象を抱かせる。

伝統と格式を重んじながら、平然とそれらを自分の色に染めてしまう傲岸《ごうがん》さ——。

それは、〝魔王〟こそが絶対権力であり、その命を忠実に実行することのみが至上である、魔法剣姫にあるまじき態度とさえ言える。

そのあるまじき態度を貫く部屋の主は、執務机に無造作に腰掛け、艶《つや》やかな扇《おうぎ》を手で弄《もてあそ》びながら、三人の少女たちと対面していた。

「——で。なんだっけ？」

幼い姿に似つかわしい、舌足らずの言葉に。

三人の少女たち——リリアに絡み、リリアをさらった少女たちは同じ言葉を繰り返す。

「は……話が違いますの」

「き、聞いていたお話と違う結末になっていますわ」

魔法学園の制服を着ている彼女たちよりも、少女のほうが明らかに年下に見える。

にもかかわらず、彼女たちのほうが畏《かしこ》まり、怯《おび》えたような眼差《まなざ》しを向けているのは。

「――え、ええ、ええ。ご説明くださいませ学園長さま」

グランディスレイン魔法学園学園長。

学園の運営統治を任されていながら、基本的に学園にいることのない彼女を目にしたものは極めて少ない。

まして今現在彼女が学園長室にいることなど、学内の講師たちですら知らないだろう。

にもかかわらず、たかだかランクAの一生徒にすぎない彼女たちがその事実を知り、この場所にいるのは、他ならぬ学園長その人が呼び寄せたからだ。

「んーキミたちちゃんの所属してる姫閥って『桜花夜会《ソワレ》』だっけ？」

「そ、そうですわ」

リリア相手には『桜花夜会』を脱け、アディリシアの立ち上げるであろう新たな姫閥に入ると言ったが――そんなつもりはさらさらない。そもそも彼女たちの目的は、『桜花夜会』を脱けたアディリシアを再び元の姫閥に連れ戻すことなのだから。

「あーそっかそっか。キミたちちゃん、繰り上がりで新しい学園一三血姫《じゅうさんけつき》になったアディリシアちゃんを、『桜花夜会《ソワレ》』に戻そうとしてたんだっけ」

手に持った扇《おうぎ》を開いたり閉じたりしながら、思い出したと言わんばかりの態度を見せる学園長に、少女たちは少なからず苛立《いらだ》ちを覚えて眉根《まゆね》を寄せる。

「……学園長さまがおっしゃったんですわ。アディリシア・シュテフェンエクトは、リリア・レインにこだわっているだけなのだから、彼女がリリア・レインとリリア・レインの信じる者に完膚無きまでに勝利すれば、学園一三血姫《じゅうさんけつき》を放棄して戻ってくると」

だから、そのために、三人はリリア・レインとアディリシアを焚《た》きつけろと。

アディリシアには自分が直接促《うなが》すから、動き出した彼女を手伝えと。

そう言っていたのに。

「そんな話もあったねーすっかり忘れてたよ」

まったく悪びれずに笑う彼女に、少女たちは固まる。

「……………は？」「今……なん、と……？」

「んー？　どうでもいいことだったから忘れてたって言っただけだけどー」

指先で扇の先端をつつきながら、学園長は言う。

「そもそもキミたちちゃんに言ったことって基本的に嘘《うそ》だし。ついた嘘のことなんていちいち覚えてないよねー」

あまりにも軽く残酷《ざんこく》な言葉が告げられて、少女たちは足元からくずおれそうになる。

「な……なぜそんなことを――」

かろうじて抗議じみたことを口にした少女に、学園長は不思議そうに首を傾《かし》げる。

「他に目的があるからだけど？」

自分の目的のために、少女たちを利用した。少女たちが自らの主のためにリリアを利用しようとしたように。

「――――」

音もなく、神霊魔装に変わった少女たちに、学園長はつまらなそうにため息を吐《つ》く。

「んーそういうのはいらないな。キミたちちゃん、そもそもなんのためにアディリシアちゃんを『桜花夜会』に戻そうと思ったのか――その理由をちゃんと考えてみればー？」

「…………理、由？」

アディリシアが『桜花夜会』を脱けると言ったとき、主である《桜花の麗爛《れいらん》姫》アンリエット・テレーズ・トワロは心から残念そうにしていた。

それが習わしであるとはいえ、アディリシアを仲間として失うのは悲しいと。

ただそれだけで――彼女たちはアディリシアを『桜花夜会』に連れ戻そうと思った。

それが理由。理由で、あるはず。

「…………あ、れ？」

不意に、思考にもやがかかっているような気がして、少女たちは頭を押さえる。

姫閥の主に忠誠を誓うのは、当然のこと。

そもそも、主のために自分たちは存在しているのだから。

主のために働く。

主。主とは誰だ——？


「〝魔王〟——ソルブラッドさまのためじゃないの？」


三日月を描く唇。

学園長の持つ、開かれた扇《おうぎ》。

その中心に瞳《ひとみ》のような刻印が浮かび、少女たちを見つめる。

「キミたちちゃんだけに限らず、この学園にいるすべての人間——〝魔王の血族《ソルブラッドストレイン》〟は〝魔王〟さまのためだけに、〝魔王〟さまが望むままに存在している」

「〝魔王〟さまが望む……ままに……」

「そう。そして——〝魔王〟さまは役目を終えた者がここで眠ることを望んでる」

その言葉が呟《つぶや》かれると同時に、瞳の刻印が光を放ち、学園長の瞳が同じ色に染まって
——次の瞬間、少女たちは揃《そろ》って意識を失い、その場に倒れた。

元の制服姿に戻った少女たちを見下ろしながら、彼女は扇を閉じて口元をゆるめる。

「あたしちゃん様に与えられた〝魔王〟さまの瞳と言葉に、〝魔王の血族〟は逆らえない。これも〝魔王〟さまの血を引く者の宿命」

〝魔王〟ソルブラッドの血を引く者が誰も逆らえないのであれば――文字どおり、学園内で彼女に逆らえる人間は存在しない。

「例外は――キミたちちゃんくらいだよねえ？」

言いながら彼女が扇をあおぐと、それが合図だったかのように扉が自動的に開き。

「旧グランディスレイン王国の生き残りちゃん？」

ユーベルリィン・ディス・グランレインは、少女の言葉にまっすぐ見つめ返した。

‡

「よーこそ異端者ちゃんたち」

皮肉でも煽《あお》りでもなく、端的に事実を述べたとばかりに、少女は微笑《ほほえ》む。

白漆《しろうるし》の机にちょこんと腰掛け、血のように赤いサイドテールを揺らす彼女に、ユーベルは見覚えがあった。

「……なるほど。ここでつながるわけか」

突然現れ、すぐに消えた少女。あのとき彼女が残した不可解な言葉は、今この場所に至ることで明らかになるものだったらしい。

「────」

透き通るような無表情のティリと。

「お兄様……」

珍しくリリアの声から緊張が読み取れて、ユーベルはさりげなく彼女たちのそばに寄る。

この場所──中央教官棟の学園長室に来るにあたっても様々な無茶《むちゃ》を押し通してきたが、さすがにこの相手ばかりはあらかじめ聞かされていても泰然《たいぜん》と構えることができないのだろう。

同じように、待っていろと言っても聞かずについてきたティリも、無意識なのか戦闘態勢をとるかのように無表情になっている。

そんなユーベルたち三人を眺める彼女は、赤い扇《おうぎ》で口元を隠しながら言う。

「で──アディリシアちゃん、い、い、い、に聞いて、あたしちゃん様のところに辿《たど》り着けたのかな?」

ゆるく細められる目。

今度の問いは明白に嘲《あざけ》りが含まれていた。

普通なら軽口を返すべきところなのだろう。

だが、彼女相手にはそれができない。そこまで無神経に振る舞えない。

なぜなら──

「……聞かなくても辿《たど》り着けましたよ。『力こそすべて』——アディリシア・シュテファンエクトという学園一三血姫《じゅうさんけつき》が、その絶対指針に従って真偽を確認せずとも言葉を鵜呑《うの》みにせざるをえない上位者は、この学園にたった一人しかいないですからね」

学園の卒業生——講師は違う。彼女たちは元学園の生徒であり、年齢や経験を買われているだけで、最上位の学園一三血姫に力で敵《かな》うわけではない。

だからこの学園で学園一三血姫という魔法剣姫の生徒以上の力を持つ人間はたった一人。

「グランディスレイン魔法学園学園長にして、はじまりの《一三血姫》。最年少天才《一三血姫》で、希代の戦闘凶——《真朱の煉獄姫《れんごくき》》キリエ・エレイソン」

十年前。

ソルブラッドと共に七大国を滅ぼし、ティルフラウ大陸を支配した《一三血姫》。

弱冠一二歳という年齢で《一三血姫》に選ばれ破壊の限りを尽くしたキリエ・エレイソン。学園内などという限定のつかない、世界で一三指に入る文字どおりの最強の魔法剣姫。

ユーベルの言葉に、彼女——《真朱の煉獄姫》キリエ・エレイソンは扇《おうぎ》を閉じ、足を組んで顎《あご》に手を当てる。

「なるほどその通りだよ。ユーベル——ユーベルリィン・ディス・グランレイン」

楽しそうにユーベルの本名を口にした彼女は、閉じた扇でリリアを指し示し、

「そっちはリリアリシエ・ディエス・グランレインだっけ？　見てたよー一年前から」

さりげなく付け加えられた言葉に、リリアは目を見開く。

「……一年、前……？」

「んー？　ひょっとして気づかれてないと思ってたの？　そんなわけないじゃん」

肩をすくめ、扇をぱちりと鳴らして、目の前に一冊のぶ厚い書物を出現させる。

「他の講師ちゃんたちはともかく、学園長のあたしちゃん様は全生徒を確認してるし、その裏を探ってるに決まってるでしょー」

表紙に『まるひこじんじょうほう』と拙《つたな》い字で書かれたその書物をぱらぱらと捲《めく》る彼女は、とあるページで指を止め、読み上げていく。

「リリアリシエ・ディエス・グランレイン。旧グランディスレイン王国王女。第六王位継承者。一三血革命時、母親の機転で異母兄にして第十一王位継承者ユーベルリィン・ディス・グランレインと共に王城を脱出。以降、エルゲナス孤児院、ダラフ救貧院、ハーディン孤児院を転々とした後、グランディスレイン魔法学園へ入学。神霊魔剣《フィクタオービス》の使用者で、形状は黄金の円月輪《えんげつりん》、属性は雷、系統は自己治癒力強化――とされていたが、実際には教化魔法、と。身長体重もあるけど、聞きたい？」

冗談めかす彼女に、リリアは完全に色をなくしていた。

慎重に慎重を重ねて準備したはずの一年。その一年がすべて彼女の掌《てのひら》の上だった——？

「なぜ……一年前に気づいていたのに……」

「その時点で排除しなかったのか、かな？」

「——」

「わかりやすいねー王女ちゃんは。——そんなの王女ちゃんが弱くて、取るに足りなかったからに決まってるじゃん」

口元を三日月にして、キリエ・エレイソンは笑う。

「まー入ったばかりのときは教化魔法だって気づかなかったけど。その教化魔法もタネがわかってれば効かないし、そんなのじゃ、ぜーんぜんダメだよねー。つまんない」

残酷《ざんこく》に。

旧王国の生き残りだろうが、弱すぎて話にならないからほうっておいたと言うキリエは、視線を銀髪の少女へと移して。

「その点、《慈悲無き破壊の妖精剣《ようせい》》ちゃんは面白かったよ」

にぃぃと笑って、扇《おうぎ》の先をまっすぐティリに向ける。

「まったく未知の魔法属性。純粋な破壊を目的とする神霊魔剣《ダインスレイヴ》。さすがは禁忌の二重血統《タブーブラッド》ってところだねー」

「禁忌の二重血統……？」

「これも知らないんだ？　そこにいる妖精剣ちゃんは、父親だけでなく――」

「やめてください!!」

とっさに声をあげたティリを無視して、彼女はその事実を口にする。

「母の父、つまり祖父もソルブラッドさまなんだよ」


父と、母の父がソルブラッド……？

それは、つまり――近親相姦《きんしんそうかん》を？

振り返ったユーベルたちに、ティリはぎゅっとスカートの裾《すそ》を握って顔をうつむかせる。

「妖精剣ちゃんの母親は、〝魔王〟さまの直系にもかかわらず失敗作だったみたいでねー。どうせならって、実験的に血を重ねて創られたのがその子なんだよ」

病的に白い肌に、他に例のない銀糸の髪。

それらは、ソルブラッドの血を重ねることで意図的に創られたものだった――？

「…………つくづくいかれてんな」

珍しく吐《は》き捨てるように呟《つぶや》いたユーベルに、キリエは笑みを大きくする。

「あたしちゃん様にとっても、禁忌の二重血統、妖精剣ちゃんは期待の子だった。どう考えてもダントツだったからねー。だから、ずっとずっと注目してて、どこで収穫しようか楽しみに待ってたら——キミが引っかかってきたんだよ少年くん」

扇《おうぎ》の先端を下に向け、机にトンと当てると、楽しそうに、楽しそうに笑う。

「キミは——超面白かった！　入学試験であれだけの人間を堂々と騙《だま》しきって妖精剣《ようせい》ちゃんを倒す！　いやー滾《たぎ》ったたね」

身を乗り出し、嬉々《きき》として話す彼女に、ユーベルは淡々《たんたん》と返す。

「……闘うことしか考えてないのか？」

キリエ・エレイソンは《一三血姫《じゅうさんけつき》》の中でも指折りの戦闘凶だ。

それは事前に入手していた情報ではあったが。

「考えてないよ？　それ以外になにか面白いことがあるの？」

けろりと答える見た目だけは幼い少女に、眉《まゆ》をひそめる。

「なるほど《姫王》になれないわけだ……」

大陸統一後の《一三血姫》は平定した七大国の領主——姫王になるか、重要施設の長になるかの二択だった。

言うまでもなく、旧七大国の領主であり、表舞台にも立つことになる姫王のほうが、その立場は高い。

だが、キリエはその素行の問題から、姫王には決してなれないと言われていた。

当時、《真朱の煉獄姫《れんごくき》》は純粋な力という面で《一三血姫》の中でもかなり高く評価されており、ユーベルは素行程度でどうしてと思うこともあったが、彼女を目の当たりにした今、その理由は直感的にありありとわかった。

「えー姫王なんて楽しくないじゃん。あたしちゃん様は一生おもちゃで遊べればそれで満足なんだよ」

「おも……ちゃ？」

「そう。妖精剣ちゃんはずーっと目をかけていたおもちゃだったけど、それを壊した新しいおもちゃのほうが断然楽しいに決まってるよね」

無邪気《むじゃき》な笑みと酷薄《こくはく》な瞳《ひとみ》に晒《さら》されながら、ユーベルは静かに言い返す。

「……見当違いにもほどがある。強さだけの話をするなら――」

「歩法と体捌き、呼吸と反応。どれだけ隠そうとしても、鍛え上げた人間とそうじゃない人間じゃ全然違うよねー」

機先を制されて、ユーベルは言葉を失う。

「そもそもさー〝魔王〟さまがグランディスレイン王国を最後に滅ぼしたように、グランディスレイン王家の血はそれなりに警戒してたんだよ。なにせ元々神霊魔剣はグランディスレインのオンナノコのみが使えるものだったし、強者なのは間違いなかったからねー」

ソルブラッドと彼の血を引く《一三血姫》は、六大国を滅ぼした後で、最後に拠《よ》り所《どころ》としていたグランディスレインに弓を引いた。

それは曲がりなりとも十数年居《きょ》を置いたグランディスレインに対する情があったからとも言われているが、合理的に考えるなら同じ魔法剣姫を相手どる必要があったからだ。

「——ところがどっこい、実際は違ったわけじゃん？」

「…………え？」

ティリが思わず漏らした声に、キリエは小さく笑って言う。

「妖精《ようせい》剣ちゃん以外が黙《だま》ってるあたり、わかってたみたいだねー。グランディスレイン王国のオンナノコは、魔法剣姫という絶対強者なわけだけど——じゃあオトコノコは？」

自分で問いを立てておきながら、即座に答えを言う。

「王家といえど魔力皆無のオトコノコはただそのまま——とかありえないよねー」

ケラケラと笑いながら、キリエは語る。

「〝魔王〟さまは最初から知ってたんだなー。なぜ王家は、自分たちと同じ力を持ちうる、最強の魔法剣姫を大量に生み出すことを良しとしたのか。大陸統一するためなんて前向きな理由より、権力を転覆《てんぷく》させせられるかもっていう後ろ向きな理由のほうがはるかに脅威《きょうい》なのに。——なんでだと思う？　実際に負けちゃった学園最強の魔法剣姫ちゃん」

そう、わざとらしく話を振られて。

ティリは目を見開く。

「……王家は、魔法剣姫を、脅威だと思っていなかった……？」

「せーかい」

グランディスレイン王国は、ソルブラッドの血を引く魔法剣姫が増え、やがては王家をも脅《おびや》かすとは考えなかった。

なぜなら——彼女たちには魔法剣姫に対する必勝の策があったから。

「グランディスレインの王家とそれに連なるオトコノコには、国民は元よりすべての臣下に秘密にして継承していたものがあった。それが——」

言いながら、扇《おうぎ》を開いて閉じたキリエは、次の瞬間、目の前に一振りの剣を現出させる。

なんの装飾も施《ほどこ》されていない、シンプルな銀の剣。

「《セイブザクイーン》とか言ったっけ？　いやー《十三血姫《じゆうさんけつき》》の権限を使ってすら持ってくるのはなかなか大変だったよ」

開いた扇を軽く振ると、ふわりと浮いた剣はこちらに向かってきた。

狙《ねら》い違《たが》わず柄を手に取ったユーベルは、その懐かしい感触に目を細める。

「王家のオトコノコは一歳から剣を教えられるらしーね？　神霊魔剣じゃなく、ただの剣を。魔法剣姫を倒すためだけに」

グランディスレイン王国では、当代最強の魔法剣姫が女王の座につく。最強であるがゆえの王は、当然のことながら同じ王族の女子、他の魔法剣姫に敗れることはない。

それはつまり女王が暴走したとしても誰も止めることができないということだ。

ときの女王は、その自浄作用が働きえない国の体制を良しとしなかった。

当代最強の魔法剣姫が女王の座につくのは問題ない。だが、その女王が暴走したときには、あるいは体制を揺るがそうと考える魔法剣姫が現れた際には、それに対抗できるような策を練らなければならない。

そのために生まれたのが――

「神霊魔剣殺し。神霊魔剣という最強の力を制するためだけに生まれたただの剣術」

ソルブラッドという、優れた男の血を取り入れれば、その子供が優れた魔法剣姫になるように。

優れた剣士もまたグランディスレイン王家という血に宿る。

グランディスレインの王子は、一人の例外もなく超一級の達人剣士しか存在しない――。

魔法剣姫がどれだけ隠しても莫大《ばくだい》な魔力を有していると肌で感じられるのと違って、超一級の剣士は見ただけではわからない。そもそも神霊魔剣ではないどころか神霊魔法ですらない暴力など、普通であれば一考の余地にも値しないものなのだ。

だがそれすらもソルブラッドは見抜いていた。

「いやー実際かなり苦戦したらしいよ？　なにせただの剣術とか、そんな原始的なものを主戦力にしてる国はよそにもなかったからさ。シミュレーションのしようがなかったし。神霊魔剣殺しを謳《うた》ってるだけあって、めちゃくちゃ嫌らしかったとか」

「……らしい？」

リリアの問いを耳ざとく拾い上げて、キリエはぴっと扇《おうぎ》の先を向ける。

「そー、いいとこ突っ込んでくれたねー。当時のあたしちゃん様さー、若かったせいか、ちょーっと調子に乗りすぎちゃって。その闘いには参加させてもらえなかったんだよねー！　もー、もー、ちょー悔しくて悔しくて悔しくて悔しくて悔しくて悔しくて」

当時を思い出してか、これでもかとばかりに悔しくてを続けて。

不意に、ぞっとするほど冷たい表情を浮かべる。

「そんなの聞いたらさ、絶対闘ってみたいって思うに決まってるじゃん」

「――っ」

その気配を感じた瞬間、リリアもティリも身構えざるをえなかった。

リリアに至っては神霊魔装にすら変わり、すでに神霊魔剣も具現化している。

相手は丸腰で、執務机で足をぶらぶらさせるだらけた姿にもかかわらず。

構えなければやられるという直感があった。

一瞬で変わった空気をものともせずに、キリエはだらけたまま言う。

「いやいや、とは言ってもー神霊魔剣殺しは根こそぎ《一三血姫《じゅうさんけつき》》に滅ぼされちゃったわけだしー？　あの子たちがちょっと大げさに言ってるだけかもーとか思ってたんだけどね？　――少年くんのあの入学試験を見たら、気が変わらざるをえなかったよねー」

扇《おうぎ》の先で口元を押さえ、くふくふと笑う彼女は、そうして執務机の上に立つと、

「ほら、普通は闘いには理由がいるらしいじゃん！　あたしちゃん様は違うけどさー！　ばっちりその理由は作ってあげたでしょ⁉」

もう興奮が抑えきれないとばかりに両手を広げる。

――ユーベルリィン・ディス・グランレインとリリアリシエ・ディエス・グランレインの秘密。

そのすべてを、グランディスレイン魔法学園の学園長にして、《一三血姫《じゅうさんけつき》》に知られた。

秘密を守らせるためには――闘わなければならない。

「だからさ――思う存分、闘お？」

瞬間、可愛《かわい》らしく首を傾《かし》げた彼女の背中に巨大な炎の翼が生え、部屋中が焼き払《はら》われた。

‡

《一三血姫》《真朱の煉獄姫《れんごくき》》キリエ・エレイソン。

ティルフラウ共和国の英雄の一人で、生きる伝説ですらある最強の魔法剣姫は、当然の

ことながら使用する神霊魔剣についても周知のものとなっている。

神霊魔剣《フラベルム》。

属性は炎、系統は所有、形状は扇。

いかなる仕組みかはわからないが、空をも飛び、頭上から獄炎《ごくえん》ですべてを焼き払う……とされていた。

直接目にすることのない現象は多かれ少なかれ尾ひれがつく。

もちろん《一三血姫》も、姫王の立場にある人間を除いて、おいそれと一般人が会うことはできないのだから、伝えられる神霊魔剣に誤解や誇張が含まれているに決まっている──という希望的観測は、残念ながら外れることとなった。

「うんうん、まだちゃんと生きてるねー」

部屋ごと爆炎で薙《な》ぎ払われ、とっさに倒れている少女たちをかばい、外へと投げ出されたユーベルたちは、石畳の上で身を起こして、それを見上げる。

露出の高い神霊魔装に変わっていたキリエは、その背中に不死鳥を思わせる炎の翼を生やし、上空から悠々とユーベルたちを見下ろしていた。

「ある程度は覚悟していましたが……さすがに、冗談だと思いたいですね」

リリアの声に力はない。

いや、絶望的な力の差を見せつけられて、声を張れるほうがおかしいのかもしれない。

《一三血姫《じゅうさんけつき》》の力、まさかこれほどとは――。

強力な防御魔法を使うために半《なか》ば強制的に変換させられた神霊魔装で、円月輪《えんげつりん》型神霊魔剣《フィクタオービス》を構えるリリアに、ティリが声をかけてきた。

「リリア……大丈夫、ですか……？」

「肉体の損傷的な意味なら皆無です。ティリはどうですか？」

「……リリアの、おかげで」

無意識にか右胸の下――ユーベルに誓った契約の刻印に手を当て、ティリはなにかを我慢するようにぐっと口を閉じる。

その反応を見て、ユーベルがすかさず言った。

「あーティリ。神霊魔法が使えれば――とか思ってるんだろうけど、それはなしな」

「…………は、はい」

わかってはいたことだが、一方的に攻撃され続けて、自分の痛み以上に他人の痛みに苦しむティリが我慢できるわけがない。

そしてそれは、いずれ限界がくるということで――。

つまり。

「……やるしかねーな」

滅入《めい》る気と裏腹に、確かな重みを伝えてくる《セイブザクイーン》に、ユーベルは嘆息しつつ上空を見上げる。

「いいねー少年くん――と言いたいところだけど」

言葉を切り、急に表情を消したキリエは、すっと目を細める。

「妖精剣《ようせい》ちゃんも王女ちゃんも構えなよ。なんのために三人呼んだと思ってんの？」

ピリピリと震える空気。

三人呼んだ、という言葉で暗にこの状況を自ら作りだしたと言わんばかりのキリエに、ユーベルは意図的に穏やかに笑ってみせる。

「それがいいっていうなら構わないですけど――一対三じゃ負けちゃいますよ？」

明確な挑発。

《一三血姫》相手に、そんな馬鹿げたことをやってきたということに、キリエは笑って。

「くっふふ――なにそれ。なにそれなにそれなにそれっ！　ちょー楽しいんだけど!!」

叫ぶような言葉と同時に扇《おうぎ》を振るい、炎の片翼をぶわりと羽ばたかせた。

「――――」

肌が熱波を感じると同時に石畳に身体を投げ出したユーベルは、勢いそのままに立ち上がり、走る。熱波はユーベルのいた位置にピンポイントで浴びせられており、一瞬たりともその場にとどまれない。

「ほらほらほら大口叩《たた》いたんだからそれ相応の誠意を見せてくれないかなー!?」

狂ったように笑うキリエに、ユーベルは彼女を中心に円を描くようにして逃げるだけで、攻撃手段がないように見えた。

──いやいやいや、そんなわけがない。

自らそう否定しながら、キリエは止め処《とど》ない笑みに頬《ほお》をゆるませる。

ユーベルは明らかにわざとキリエを怒らせていた。

感情的になった人間は通常より強い力を出せる一方で、認識力、判断力を低下させ、行動を単調にしやすい。

つまりキリエのこの攻撃方法はまさにユーベルの術中に嵌《は》まっていると言えるのだ。

──さあ、ここからなにを展開してくるのかな？

今までに闘ったことのない相手、それも《一三血姫《じゅうさんけつき》》を苦戦させた神霊魔剣殺しだ。

さぞや、奇想天外で予想だにしない攻撃を仕掛けてくるのだろう──！

仕掛けられている側にもかかわらず、胸を高鳴らせるキリエは、視界の端でユーベルではなくリリアが、神霊魔剣《フィクタオービス》を投げてきたのをしっかりと確認する。

「……はあ？」

さもユーベルが一人で闘い、キリエの注意を十分に引きつけたところで、傍観者然としていたリリアが円月輪《えんげつりん》型神霊魔剣での攻撃を試みる。

そんなありきたりなパターンでどうにかできるとでも思っているのだろうか。

キリエは顔にかかろうとする羽虫でも振り払《はら》うように、扇《おうぎ》の一閃《いっせん》で《フィクタオービス》を叩《たた》き落とすと、その隙《すき》をついたユーベルの凄まじい一撃を――

「…………」

――期待したものの、なにも起こらなかったことに眉《まゆ》をひそめる。

「んー？」

そのまま上空から炎の翼で攻撃し続けるも、時折リリアからの追撃があるばかりで肝心のユーベルは防戦一方。

そうこうしているうちに、キリエの放つ攻撃魔法の轟音《ごうおん》にか、あるいは放たれる膨大な魔力にか、何事かと様子を見にくる生徒や講師たちの姿が増えてくる。

彼女たちは吹き飛ばされた学園長室に目を丸くし、それ以上にとんでもない姿の学園長に、愕然《がくぜん》としていた。

「……あー、そゆこと」

キリエは心底つまらなさそうに言う。

「学内での私闘は禁止。学園に所属してるコなら誰もが知ってる規則だもんねー。こうやって騒いでれば、人が集まってくるし、人が集まってくれば強制的に闘いを終わらせることができる、と」

うんうんと、納得がいったようにうなずいて――舌を出す。

「そんなわけないじゃん」

次の瞬間、キリエは炎の翼を羽ばたかせ、辺り一帯に業炎《ごうえん》の雨を降らせた。

「――え」「な、なんですの」「きゃあああっ」「あ、熱いぃぃぃいぃ！」

一拍の間を置いて迸《ほとばし》る悲鳴と混乱の叫び声。

「……なにを――なにをしているんですかあなたは!!」

信じられない光景にリリアが声を張り上げ、

「んー……そうだなー。名目は臨時の戦闘訓練あたりにでもしておこうか？」

「な――」

「リ、リリア！　手伝ってください！」

炎に襲《おそ》われる生徒たちを救おうと動いていたティリに、リリアが慌てて続く。

すでに中央棟周辺は炎に包まれ、至るところで助けを呼ぶ声や苦鳴が漏れはじめていた。

それらを心地よいサウンドのように一身に浴びながら、キリエは彼女たちではなくユーベルを見る。

「あのさーあたしちゃん様の立場忘れちゃった？　学園長さまが規則になんか縛られるわけないじゃん。こんなくだらない手で誤魔化《ごまか》せると思ったの？」

「……くだらない、ね」

私闘は禁ずという学園の規則のみならず、無関係な人間は巻き込まないという最低限の倫理観さえ持ち合わせていない。

《一三血姫《じゅうさんけつき》》というまごうことなき最上の力を持ちながら、自分の欲望を満たすためにしか使わない――。

「――確かにそんな学園長はくだらないですね」

強い声でそう口にしたのは、リリアだった。

「力こそすべて……そううそぶくのは結構ですが、力があればなんでもやっていいだなんて勘違いするのは傲慢《ごうまん》を通りこして滑稽《こっけい》です！」

ユーベル以外のことはどうでもいい。常日頃からそう口にしているリリアでも、それ以外のすべてが本当にどうなってしまってもいいと思っているわけではない。

人である限りの常識は持ち合わせているし、それを守るからこその無茶《むちゃ》が言える。

そんなものは常識以前の良識だ。

「――リリア」

「止めないでくださいお兄様。あんな人間――」

なおも言葉を連ねようとしたリリアに、キリエはさもつまらなさそうに視線を投げ、

「んーうるさいし、ちょうどいいね」

そう呟《つぶや》くと同時に、リリアに扇《おうぎ》の先端を向けて。

「貫け《フラベルム》」

瞬間、翼から放たれた炎の槍《やり》がリリアの肩を貫いた。

「リリア！」

ユーベルが声を出すより早く、ティリが叫ぶ。

「リリア！　リリア!!　しっかりしてください！」

「ティ……リ。逃……げ……」

「リリア!!」

ティリの声も虚《むな》しく、リリアは意識を失い、神霊魔装から制服姿へと戻った。

「——人が闘うには理由がいる。これなら本気を出せるかな？」

歌うように言うキリエに、ティリが顔をうつむかせたままぴくりと反応する。

遅れて駆けつけたユーベルは、リリアの傷口が焼かれているのを確認してからかたわらの少女を見た。

「………」

漏れ出た魔力でゆらゆらと揺れる銀髪。

常の穏やかな気配がかけらも感じられない少女に、ユーベルは最悪の事態を予期して身体を緊張させ。

「ご主人さま」

静かな声は、周囲の喧噪《けんそう》にかき消されることなく、はっきりと聞こえた。

　そのまままっすぐこちらを見てきたティリは、瞳《ひとみ》になんの感情ものせず、澄んだ湖面のようにユーベルの顔だけを映している。

「許可を、ください」

　なんの、とは言わない。

　この状況で、ティリがユーベルに許しを請うことなど一つしかないから。

　この期に及んで、ティリがあくまで許可を求めてきたことに、ユーベルは反射的に「ほんといいやつだなあお前」と言いたくなった。

　リリアの――この上なく親しい人間の意識を、理不尽に奪われる。

　たとえそのことを予期し、予想し、心の防衛線を張って、暴走しかける感情を殴りつけて抑えていた人間でも、衝動的に動いてしまいたくなる出来事だ。

　ティリの手が震えているのは決して恐怖からじゃないし、彼女がギリギリのところでこらえているのはユーベルでなくてもわかる。

　だからユーベルの許可などいちいち求めず、感情のままに動いてしまっていてもおかしくなかった。そして感情のままに動けば、すでにその仕組みを知っているリリアの教化魔法など、簡単に解くことができただろう。

　元よりリリアは有事の際には自力で簡単に解けるよう、ティリにその仕組みを教えていたのだから。

《慈悲無き破壊の妖精剣《ようせいけん》》は、その二つ名のままに破壊を貪《むさぼ》ることもできた。

けれど、それをしなかったのは――

ユーベルは一度目を閉じると、再び開いて、まっすぐ言う。

「許可できないね」

「…………ご主人さま、わたしは――」

「ティリ」

無理矢理遮《むりやりさえぎ》って、首を横に振ったユーベルは、あえてイタズラめいた笑みを浮かべる。

「お前が他人の痛みを耐え難《がた》く感じるように、俺もお前が痛みに苦しむ姿は見たくねーの」

「――――」

そう言われれば、ティリは拒むことができない。

彼女は、自分の気持ちより他人の気持ちを優先する優しい人間だから。

これ以上の被害が出る前にキリエを止めなければならないという建前以上に、リリアの仇《かたき》を取りたいという気持ちが強いと、聡《さと》い彼女はわかってしまうから――。

その想《おも》いをすべて理解した上で利用する。

（我ながらなかなかに最低じゃん）

そう心の中で自嘲《じちょう》し、ユーベルは意図して冷たく言う。

「言ったはずだよな？　契約はティリの自由を奪うものだと。ティリはそれに同意した」

「………でも」

「それとたぶんティリは勘違いしてると思うが、あれくらい、どうにでもなるぜ？」

「……………え？」

言っている意味がわからないと目を見開くティリに、ユーベルは偽悪的に笑みを浮かべようとし、それがうまくいかないことを自覚して、ティリの頭に手を置く。

「──ご主人さま？」

もうその声には反応しなかった。

関係のない人間を巻き込んで、リリアを傷つけられて。

思った以上に余裕がないのかもしれない。

一度深呼吸してから、ユーベルは上空を見あげる。

「少年くんもずいぶんとつまらないことを言うね。気休めでなにか変わるの？」

「さあ。気休めじゃないからすべて変わるんじゃないですかね」

投げやりな言葉をぶつけてから、ため息と共に続ける。

「それより──降りてきてもらっていいですか？　そこじゃいろいろ届きにくいんで」

「──ぷっ、くふははは、か、簡単に言うね！」

そうしてひとしきり笑った上で、《真朱の煉獄姫《れんごくき》》はイタズラっぽく笑って。

「降ろしたいなら降ろしてみればー？」

「――じゃあそうします」

呟《つぶや》くと同時に、ユーベルがなにげなく振った《セイブザクイーン》は。

少女の両肩から炎の翼を消し去った。

「――!?」

唐突な出来事にバランスを崩《くず》し、急ぎ着地の姿勢を取りながら扇《おうぎ》を振った彼女は、間一髪のところで再度翼を生やし、地面に衝突せずにすんだ。

かすかに痛む両肩に眉《まゆ》をひそめ、それ以上に理由がわからないことを警戒したキリエは、結果的にユーベルの望むとおり地面すれすれを飛ぶ。

「…………へえ。なにをしたのかは全然わからないけど――だからこそ、やるねえ」

一転して楽しそうに言ったキリエに、ユーベルは平然と答える。

「たいしたことじゃないですよ。ただ攻撃から逃げ続けてるだけ、苦し紛れの《フィクタオービス》の投擲も軽く打ち払えばいい――その程度の危機意識しか持ってない相手ならいくらでもやりようがあるだけですから」

あえて強調した《フィクタオービス》に疑問を感じつつも、そんなことはどうでもよくなるほど強烈な皮肉に、キリエは目を細める。

「なるほど、答えになってない答えありがとー。――でもムカツクから殺すね」

短い言葉と共に扇の先をまっすぐユーベルに向けたキリエは、翼から幾本もの槍《やり》を放つ。

対象物を神速で貫き、傷口から魔力で焼いて意識を奪う〝火穿槍《かせんそう》〟。

その連続射出を――ユーベルは《セイブザクイーン》の刃を盾のようにして弾き防ぎ逸《そ》らすと、追撃とばかりに繰り出された炎の雨を人間離れした身のこなしで残らず回避する。

「――！」

そうして驚きに声も出ないキリエに向かい、迎撃で振るわれた扇の一閃《いっせん》を、超跳躍《ちょうやく》で背後に移動してかわしたユーベルは、さながら剣と一体になったかのように《セイブザクイーン》を背中へと振り下ろし――


「――はい、おしまい」


振り向きもしないキリエが呟くと同時。

炎の片翼――神霊魔剣《フラベルム》が一瞬で剣の形になり、《セイブザクイーン》を根本から溶かし折った。

「あ――」

ティリのあげた絶望的な声。

序列一位、学園最強の名をほしいままにした彼女でなくてもわかる、決定的な敗北の証《あかし》。

ユーベルは敗れた――そう確信した《真朱の煉獄姫《れんごくき》》は口元をほころばせ、

「……!?」

次の瞬間驚愕《きょうがく》に目を見開く。

無造作に落ちる刀身もそのままに、ユーベルが振るった刃無しの剣は、ないはずの刃でキリエの背中を斬り裂いた。

「――っ！」

とっさに反対の片翼まで剣の形に変えたキリエは、それを振るう対象がすでに十分すぎる距離をとっていることに舌打ちする。

そうして、あらためて自らにつけられた傷を確認し、呟《つぶや》いた。

「………なにを……してくれたのかな？」

剣呑《けんのん》な笑みに呼応するように、まとっている炎がゆらゆらとうごめく。

返答次第ではこの辺り一帯を焼きかねない――そう思わせるキリエに、ユーベルは極めてあっさりと答えた。

「剣で斬《き》った以外にどう答えればいいですか」

そのあっけらかんとした表情。

《一三血姫《じゅうさんけつき》》という絶対的な力の前でもまるで動じないその態度に、キリエは目を細める。

「……へえ、そりゃすごい。そんな剣が本当にあれば――だけどね」

「本当にあれば？　すでに二度も浴びているのにまだ信じられないですか」

「…………二度？」

キリエが相手の攻撃を受けたのは、背中と――炎の翼。

「あるいは――信じたくないだけですかね」

「…………」

「男だから力がない、力とは神霊魔法に他ならない――わけじゃないのに、剣は刃がなければ斬れないとでも？」

どこまでも平然と。

顔色一つ変えないユーベルに、キリエは口元を不敵に歪《ゆが》める。

「くっふ……そういう挑発は嫌いじゃない。滾《たぎ》ってくるよ少年くん。――けどね」

顔をうつむかせ、髪をかきあげるようにした彼女は、凄絶《そうぜつ》に笑って。

「あたしちゃん様ってば、自分が傷を負うのはだいっきらいなんだよねえええ!!」

言葉と共に獄炎《ごくえん》が躍《おど》り、《真朱の煉獄姫《れんごくき》》の徒手《としゅ》から幾重《いくえ》もの炎が放たれた。

――刃先がないにもかかわらず、斬ることができる剣？

――しかも離れた上空にまで届く？

そんなものは存在しない。

人がモノを視《み》るのに必要な過程は多数ある。そのうちの一つでも妨害することができれば、人はそのモノが視えなくなる。

だがそれは視《み》えていないのであり、ないのではない。

キリエは確かに《セイブザクイーン》の刃を溶かし折り、刃は今も石畳に転がっている。

つまり、剣を折ったのは曲げようのない事実で、《セイブザクイーン》に刃がないのも間違いない。

ならば彼はなにか細工をしたのだ。

魔力を感知しない以上、それは魔法的干渉ではなく、ただの人間にもできるくだらない細工でしかない。

「さあさあさあさあ!! 見せなよ全部全部全部全部うううう!!」

炎に炎を重ね、炎で包んで炎で締める。

踊り狂う業炎《ごうえん》の舞。

神霊魔剣《フラベルム》を使用せず、単純な炎の神霊魔法を積み重ねて放つ。

——グランディスレイン王家の男はみな卓抜《たくばつ》した剣士だといわれている。

それが秘匿されたのは、かの剣士たちがありえない剣技を会得したからだ。

神霊魔剣殺しという、ある一つの分野にのみ特化した剣技を。

単純に神霊魔剣よりただの剣のほうが強いのであれば、みな剣を使えばいい。

だが、そうならないのは、その剣技が神霊魔法そのものよりも強いわけではなく、ただ一点——魔法剣姫に対してのみ絶対的な力を発揮するからだ。

つまり――

「神霊魔剣じゃなく、ただの神霊魔法には神霊魔剣殺しも対応のしようがないよねぇえ！」

あえて《フラベルム》は使わない。

ただの神霊魔法で焼き殺す――そう思考したキリエに。

「本当に――つくづく愚かだな」

率直極まりない言葉を投げて、ユーベルは笑う。

「神霊魔剣殺しが魔法剣姫にだけ強いとでも？」

炎を避《よ》けもせず、どころか突っ切ってきたユーベルに、キリエは完全に虚を衝《つ》かれた。

「――なぜ逃げ惑わない!?」

「あれ？　知りませんでした？　グランディスレインの王子は痛みを感じないんですよ」

「な――ぐっ」

そうして振るわれた柄だけの《セイブザクイーン》に、キリエは幾重《いくえ》にも斬《き》り裂かれ
――痛みを伴《ともな》っていないことに目を見開く。

……斬っていない？

いや違う。

ユーベルが斬っているのは――神霊魔装だけ？

まるでこちらを弄《もてあそ》ぶように、執拗《しつよう》に肉体を斬るのだけは避け続けて。

「なにを……してっ」

体勢を崩《くず》した隙《すき》に、キリエの肩を掴《つか》んだユーベルは、至近距離で囁《ささや》くように言う。

「グランディスレイン王家の人間が秘密裏に習うのは剣術なんかじゃありません」

「――――は？」

「確かに王家の男は剣に秀でています。幼い頃からみっちりと剣を仕込まれもしているし、剣士としては超一級です。本物を隠すための嘘は巧妙であればあるほどいいですからね」

「本、物………？」

「当代の女王の座には最強の魔法剣姫がつく。その女王が暴走したときに誰も止められないのは困るから王家の男は神霊魔剣殺しとして力を蓄える。なら、その神霊魔剣殺しが暴走したらどうするんですか？」

単純なピラミッドだ。

最強の人間を倒す人間がいるのならば、その人間が今度は最強になる。永遠に終わらないイタチごっこの最強探し。

「そもそも、本当に神霊魔剣殺しが魔法剣姫に対して絶対の強さを持っていたのなら、《十三血姫《じゆうさんけつき》》にやられたりしないんじゃないですか？　とてつもない剣術があろうと、魔法剣姫には事実として敵《かな》わなかったのに、どこら辺が神霊魔剣殺しだと思ったんですか？」

急にすべてを否定されたキリエは、魔法を使うのも忘れて叫ぶ。

「確たる証拠を自分で手にしておきながら、よく言う――！」

「ああこれ？　こんなのどこにでもあるただの練習剣ですが」

「…………え？」

「というか、誰が《セイブザクイーン》が剣だなんて言ったんですか？」

「――――」

　その言葉は、キリエに大きく目を見開かせた。

　《セイブザクイーン》は剣だ。一三血革命時、神霊魔剣殺しを相手取った複数の《一三血姫》が語っていたのだから間違いない。

　なにより絶対的拠《よ》り所《どころ》である〝魔王〟さまがその存在を保証し、保管していた。

　そして他ならぬユーベル自身が散々にその剣を使って、不可解な事象を起こしている。

　キリエの神霊魔剣を一瞬で消し、刃先がないにもかかわらず斬《き》って――

「ちなみに柄だけの剣で斬ったように見せ、実際に神霊魔装を斬ってたのはこれです」

　そう言って彼が見せつけたのは数本の小さなナイフ。

　テーブルナイフ。

「あ……」

　テーブルナイフで神霊魔装を斬り刻んでいた？

　炎の翼も――《セイブザクイーン》と呼ばれた剣を隠《かく》れ蓑《みの》に、刃のない剣だと偽って、実際にはすべてその短いナイフによって為《な》しえていた——？
そんな。そんなことが本当に——
いやだが。
そうでもなければ刃のない剣でどうやって斬ることができる？
なにより。
なぜユーベルはこちら側に種明かしをするのか。
そんなことをして、なんの意味があると——？
思考が思考を呼び、キリエの動きを縛り、絡め、止めて。
そうして、ユーベルは告げる。
「《セイブザクイーン》ってのは王家の男が女を口説くために使う、愛を語る話術のことですよ」
「…………愛を語る、話術？」
馬鹿な。ありえない。ありえるわけがない。
女王を守る最強の剣士が、剣すら使わず。
言葉を操り、感情を乱して手玉に取る？

彼らが神霊魔剣殺しとして継承していた《セイブザクイーン》が、女を口説く話術――？

「神霊魔法であろうと剣であろうと、それを振るうのは人間。そしてその人間は言葉をしゃべり、会話をし、感情に縛られる。どれだけ力があろうと絶対にそこから逃れることはできない」

だから魔法剣姫を守るただの剣士は、話術に秀でた。自らを律し、守るべき相手を縛るために、言葉を操る術《すべ》を研磨し、会得した。力で力を制することの果てのなさと無意味さを理解していたから、それ以外の方法を模索した――。

「……ありえ、ない」

キリエは思考する。引きずられ、振り回され、痛む頭を懸命に働かせ、目の前の相手を倒すためだけに、声を絞り出す。

「だったらなぜ入学試験で妖精《ようせい》剣ちゃん相手にあんな手を使った？　あれは明らかに王女ちゃんの力を――」

「あーリリアが使うのは本当に教化魔法だとまだ思ってるんですね」

穏やかに笑うユーベルに。

キリエはガラガラと足元が崩《くず》れていくような感覚に襲《おそ》われる。

入学試験でユーベルリィン・ディス・グランレインは妹の力と類《たぐ》い希《まれ》な身体能力で学園

最強の魔法剣姫に勝った。あれは妹であるリリアリシエ・ディエス・グランレインの協力があってはじめてなしえたことではなかったのか。

もし、そうでないとしたら。

この男はいったいなにをしていたというのか――？

急に地面が遠くなった気がして、キリエはふらつき膝《ひざ》を折り、地面に手をつく。

空はどこにある？　大地は。どちらが上でどちらが下なのか。

息をするように使えた神霊魔剣の使い方が思い出せない。

頭が重い。思考がフリーズする――

そうして、眼前まで近づいた虚言使いは。

「――なんて、全部嘘だけどな」

そう耳元で囁《ささや》いた、瞬間。

キリエの瞳《ひとみ》が、赤く紅《あか》く朱《あか》く染まった。

‡

とてつもない魔力の奔流《ほんりゅう》。

炎という形をとることもなく、ただ暴力的に魔力をぶつけられ、たたらをふんだユーベルは、そのまま体勢を整えることもできずに押し倒される。

顔をうつむかせていた彼女は、口元を三日月にし、勢いよく天に向かって笑った。

「くっくっくっ――はーっはっはっは！」

炎を背景に、叫ぶように、歌うように笑った彼女は、そうして突然こちらを向いて。

「――驕るなよ旧世代」

残虐に笑う彼女の声。

傲岸《ごうがん》極まりないその口調は、明らかにキリエ・エレイソンという少女のものではなくて。

彼女の中にいる別人というフレーズが、ユーベルに一人の人間を直感的に連想させる。

「――ソルブラッド？」

魔法剣姫というエサでその血を振りまき、世界を支配した人間。

いや――今現在も支配している王。

その血を引いたすべての人間はソルブラッドの支配から逃れられない。

それはソルブラッドの血の呪《のろ》い。

「この程度で〝魔王〟に仇《あだ》なせると思ったのなら――片腹痛いな人間」

くつくつと笑う〝魔王〟は、どこまでも冷ややかに言って。

「力に抗するのはただ力のみ――受け入れよ」

傲然《ごうぜん》と笑う彼に――ユーベルは負けずに強く笑い返す。

「嫌だね」

その言葉は彼にとっても意外なものだったのか。一瞬動きを止めた隙《すき》に、ユーベルは身体を起こし、正面からにらみ合うようにして言葉を突きつける。

「あんたがご大層にぶちあげた力による支配なんてのは非効率極まりないんだよ。自分でやってて気づかねーの？」

「…………ふん。ならば――」

「まだ俺がしゃべってんの」

ぴしゃりと言葉を遮《さえぎ》って、ユーベルは唇の端をつり上げる。

「こーんな感じで、俺はあんたが力を振るおうとする出鼻をくじく。あんたが思い通りにしようとするのを思い通りにしてやる。そして――この国を俺のハーレムにする！」

「――――ハー……レム？」

「いやだって実際のところあんたが作ったのってただのハーレムじゃん？　なに魔法剣姫《世界最強》が全部自分の娘って。しかも絶対服従とか――**うらやましすぎんだろ**」

「…………貴様、なにを」

「だから俺は十年前のあの日に誓ったわけだ。魔法剣姫が世界最強なら、そいつら全部落

MF文庫J

キャラクター：
ティリ・レス・ベル

『魔力ゼロの俺には、
魔法剣姫最強の学園を支配できない……と思った？』

イラスト：あゆま紗由　

ならないってね！」

とせばいい。そしてそれはあんた以上のハーレムを――非効率でつまらない暴力なんかじゃなく、超効率的で便利な愛に支配される、俺の俺による俺のための国を作ることに他ならないってね！」

高らかにそう宣言したユーベルは、そうして目を見開いたまま唖然《あぜん》とする〝魔王〟にニヤリとした笑みを見せつけて。

「ま、そんなわけで――俺があんたの娘従えてあんたのところに辿《たど》り着くまで、せいぜい両腹痛めないようにしとけよ？」

闘いを挑むのではなく、イタズラを仕掛けるように。

どこまでも笑むユーベルに――。

「…………」

目を細め、じっと見つめ返す〝魔王〟は――つられるように緩やかな笑みを浮かべて。

「それは――楽しみだね」

微笑《ほほえ》むその顔は、すでにキリエのものに戻っていた。

立ち上がり、見下ろすキリエは、炎の翼を生やし、自らの胸に親指を当てて。

「せいぜい〝魔王〟さまのいるここまでくるといい。――這《は》い上がれるものなら」

ユーベルの術が解け、元の不敵な態度に戻ったキリエは、

「さてと」

そう言いながら指を鳴らして――燃え盛る炎をすべて消し去る。

「――！」

「んふ、あたしちゃん様の魔法系統は所有。炎は全部あたしちゃん様のものだから、消すも点《つ》けるも自由に決まってるじゃん？」

そう軽く言い、肩をすくめた彼女は、ゆるゆると扇《おうぎ》を広げる。

「まー今回は軽い小手調べだし。こんなもんでいいかなー」

「……小手調べねー」

「お互いに手の内は全部さらけだした気もするけどね」

にやりと笑うキリエは、さも楽しそうに言う。

「なかなか面白かったよ少年くん。ただまあ――キミの目的は到底達成できないとしか思えないけど。圧倒的な暴力の前には暴力で抗じる以外に方法はないから」

「そう思う限りはそうでしょうねー」

「そのとき――妖精剣ちゃんはどうするんだろうね？」

そうして意味深に向けられた眼差《まなざ》しに。

ティリがなにか答える前に、破壊の化身は自らが呼びだした炎のごとく跡形もなく消えていった。

終章　あいならここにうってるよ？

「――つくづくとんでもない人でしたね」

寮の自室で。

ベッドに横たわるリリアが静かに言って、ユーベルは読みかけの本から顔をあげる。

「んー？　誰の……って《真朱の煉獄姫《れんごくき》》のことか」

キリエが言っていたように、一連の出来事は実地訓練ということで処理され揉み消《もみけ》したらしい。

しかしどれだけ出来事を誤魔化《ごまか》そうと、吹き飛ばされた中央棟はそのままだし、炎にあぶられた石畳や外庭、もちろん傷を負った生徒も残っている。

「それでも首が飛ばないで頂点に据《す》えたままとか……つくづくこの体制はおかしいです」

「……まあ今おかしいのは明らかにリリアだけどな」

リリアがキリエから受けた傷は決して浅いものではなかった。

本来ならば医療棟での集中治療を受けるレベルのものですらあったのだが、リリアの強い希望と自己治癒魔法を鑑《かんが》みられ、自室での療養を特別に許可されたのだ。

実際、自己治癒魔法の効果もあって、リリアの身体はぐんぐん回復していったのだが――。

「なんのことでしょう？　リリアはいつも通りですが」

「……えと……リリア」

ユーベルが突っ込む前に、様子を見ていたティリがおずおずと言う。

「服を着たほうがいいと、ご主人さまは言いたいのだと思います……」

ティリの言葉通り、リリアが身につけているのは包帯と下着だけ。

「でもこちらのほうが拘束が緩くて治りが早い気がするのです。仕方がないでしょう」

「……あの……それなら、ご主人さまに抱きつくのをやめれば……」

「それをやめるだなんてとんでもない」

「とんでもないのはお前の頭の中だよリリア」

リリアたっての願いで、ユーベルはここ数日リリアが望むだけ添い寝役を務めていた。

と言っても同じベッドの中に入っているだけといえば入っているだけなのだが――

「お兄様に添い寝をしていただいていることで回復力がもりもり増すんです。あっ……痛い……ぎゅ……あぁ痛くない……ほらこの通り」

なにがほらこの通りなのか問い詰めたい気分になったが、大人しく抱き枕《まくら》役を続ける。

「……続けてくださるんですね」

「ま、それで痛みが軽減するっていうならなー」

怪我人《けがにん》には強く出られないし、出ていいこともない。

それに。

「リリアには早く回復してもらわないと困るだろ」

「……わかりました。やはり早急にお兄様のハーレムを完成させましょう」

「なにがやはりなのかわかりたくない」

「すでに姫閥はあるのですから、あとはここに――」

「だから一気にやるつもりはないって言ってんじゃん。いろいろと考えてることがあんの」

「あの……」

不意にティリが口を挟んできて。

「ずっと疑問に思っていたのですが、ご主人さまは男性なので、姫閥ではないのでは……」

「ではなにか別の呼称《こしょう》を考えましょう。未来のハーレムですから、それはもう大事な――」

「……王閥」

「え？」

「お、王閥……では、ダメでしょうか……？」

おずおずと言うティリに、リリアはユーベルと顔を見合わせ、うなずく。

「悪くないと思います」

リリアの答えに、ティリは不安げな表情をぱあっと明るくして。

「ではお兄様のハーレムに正式な名前がついたところで、添い寝に戻りましょう。お兄様に添い寝してもらうことで回復力が増し、力を増大させます。ということはこれで王閥を広げていけばやがては〝魔王〟にも対抗できる勢力に――」

「もうなんでもいいから早く治れ」

ユーベルが投げやりに言うと、ティリがじっとこちらを見ていることに気づいた。

「どうしたティリ」

「…………え？」

「いやなんか、珍しくなにか不満そうにしてたから」

「え、え……い、いえ、そんな、不満だなんて――」

「お兄様を取られてるような気がして嫌なんですね？」

「――」

目を見開いたティリは、自分でも気づかなかったことに驚いたような表情をしていて。

「でもダメですよ。ティリは日中お兄様を散々独占しているでしょう？　今はリリアの時間です。だから――」


「ご――ごめんくださいませっ」

唐突にドアが開けられて、ユーベルたちはびくりとしながら入り口のほうに振り返る。

そうして、そこに立っていた人物の姿に、リリアが即座に反応した。

「即刻お帰りくださいアディリシア・シュテファンエクト」

「な——なんでですのリリア・レイン!!　せっかくお見舞いに来てあげたというのに！」

「あなたのそういうのまったく必要としていませんので。むしろ熱があがりそうです」

「ぐぬぬ……って、あ、あなた、なぜユーベルと同衾《どうきん》して——しかも裸!?」

「あーほら熱があがってきました」

にわかに忙《せわ》しなくなった室内で、ユーベルはさりげなくベッドから出る。

そうしてキッチンに向かいかけたところで、はたとティリと目が合った。

即座に目を逸《そ》らした彼女は、けれどすぐにまた遠慮がちにこちらに視線を向けてきて。

その穏やかで幸せそうな笑みに、ふとユーベルの脳裏に母の言葉がよぎった。


——あなたも人を愛し、愛される人になるのですよ——


愛は偉大だ。

どう考えても暴力なんかより便利で超効率がいい。

そしてなにより——幸せな気持ちになれる。

そう思いながら、ユーベルは彼女の浮かべた笑顔に、小さく笑いかえした。


〈了〉

あとがき

本書をお手にとっていただき、まことにありがとうございます。愛するより愛されたい！刈野《かりの》ミカタです。

さて、今作をざっくりまとめますと、〝少女魔法剣士が最強の世界なのでハーレム作って世界をいだたいちゃおう〟という内容になっております。

主人公は魔力ゼロなので魔法が使えませんが、それ以外のすべてを使って女の子を服従させていっちゃいます。実は結構な出自ですがそんなこと関係ありません。自由です。

また、〝おとなしくて超性格が良い、しかも最強魔法剣士の銀髪美少女を魔力ゼロの主人公が奴隷みたいに従えちゃう〟……文字にするとアレですが、そういうシチュエーションにも力を入れてみました。銀髪最強美少女で超良い子が奴隷に……素敵ですね（満面の笑み）。その想《おも》いが皆様にも届いていましたらこれ幸いです。

そして私的なお話で恐縮ですが、ほんの二ヶ月前に同じMF文庫J様から『異世界ならニートが働くと思った？』の最新三巻が発売しております。

こちらは異世界に召喚された天才ニートが、口八丁で召喚主であるエルフの姫を逆に従えて好き放題します。本書と同じかそれ以上に自由極まりない主人公と、本書とは違い主人公に振り回され放題の奴隷エルフ姫にピンときましたらぜひ！（あとがきの次のページ

および帯裏にそちらの詳細情報が載っております）

以下謝辞です。

まずは担当編集O様。毎度のことながら的確なアドバイス（特に今回は主人公について）とスケジュール管理という名のリズミカルな尻叩《しりたた》き、ありがとうございます。O様のおかげで並行作業もなんとかなりました。これからもよろしくお願いします！

キャラの創造神あゆま紗由《さゆ》さま。表紙絵はもちろん口絵、特典等のカラーがとってもないクオリティで……送られてくる度に刈野の目は見開かれ、思わず「アイ〇チもびっくりのぱっちりまぶた効果！」と叫ばざるをえませんでした。感謝の念が絶えません。

家族、友人の皆さんにはいつもご迷惑おかけしたり、お世話になったりで下げた頭があがりません。

また、K編集長をはじめとした編集部や営業部の方々、デザイナーI様、校正様、印刷所や書店員の皆々さま、本書を刊行するにあたって見えるところも見えないところも支えていただいてありがとうございます。

そしてなにより、ここまで読んでいただいた貴方様にこの上ない感謝を——。

またお目にかかれますように！

刈野ミカタ

刈野ミカタ
ILLUST.ねこめたる
1~3巻
好評発売中
!!!!
働くと思った？
異世界ニート
エルフの姫を奴隷にして世界を支配させます
刈野ミカタ ねこめたる
魔族の姫を従者にして姫ハーレムを作ります。
異世界ニート
働くと思った？
刈野ミカタ ねこめたる
2
刈野ミカタ ねこめたる
3
異世界ニート
働くと思った？
エルフの姫を調教して世界最強を倒します

エルフの姫を奴隷にして世界を支配させせます。

異世界ならニートが働くと思った？

WHY YOU EXPECTED ANOTHER WORLD TO MOTIVATE A NEET?

天才ニート×頭脳バトル×異世界ファンタジー！

〈森霊族《エルフ》〉の姫・ティファリシアによって異世界《万象の楽園《アクアテラリウム》》に召喚された天才ニート詐術師・崩喰《ほうばみ》レイジは、同じように喚び出された歴史上の偉人——《英雄》たちと戦う《英雄戦争》への参加を求められるが——

「ニートを異世界に喚び出すとかどういう了見なわけ？　馬鹿なの？　死ぬの？」

持ち前の機転と詐術で主人であるティファリシアとの主従関係を逆転。

最高のニート環境を作るため、ティファリシアに世界を統一させることに——!?

異世界ならニートが働くと思った？

最強ニートによる働かない英雄譚、堂々開幕！

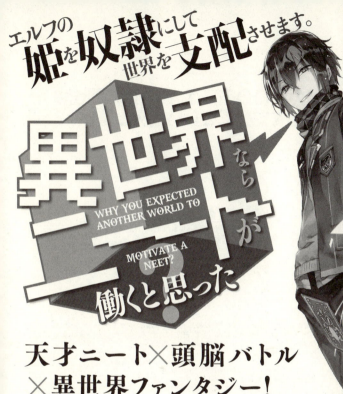

MF文庫J

魔力ゼロの俺には、魔法剣姫最強の学園を支配できない……と思った？

発行　2016年 8月31日 初版第一刷発行
　　　2017年 6月30日 第四刷発行

著者　刈野ミカタ

発行者　三坂泰二

発行所　株式会社 KADOKAWA
〒102-8177 東京都千代田区富士見2-13-3
0570-002-001（カスタマーサポート）
年末年始を除く 平日10:00～18:00まで

印刷・製本　株式会社廣済堂

Printed in Japan　ISBN 978-4-04-068413-0 C0193
http://www.kadokawa.co.jp/

【ファンレター、作品のご感想をお待ちしています】
〒102-0071 東京都千代田区富士見2-13-12
株式会社KADOKAWA　MF文庫J編集部気付「刈野ミカタ先生」係「あゆま紗由先生」係

二次元コードまたはURLより本書に関するアンケートにご協力ください。

http://mfe.jp/are/

●一部対応していない端末もございます。
●お答えいただいた方全員に、この書籍で使用している画像の無料待受をプレゼント!
●サイトにアクセスする際や、登録・メール送信時にかかる通信費はご負担ください。
●中学生以下の方は、保護者の方の了承を得てから回答してください。